De Deern in'e Appel

Klaus-Peter Asmussen, geboren 1946 in Handewitt, wuchs mit plattdeutscher Muttersprache auf. Nach Abitur am Alten Gymnasium, Flensburg, und sechssemestrigem Studium an der Pädagogischen Hochschule Flensburg trat er in den Schuldienst ein und war zunächst sechs Jahre lang als Grund- und Hauptschullehrer in Dithmarschen tätig. Ab 1976 arbeitete er als Realschullehrer für Englisch und Dänisch in Tarp, Kreis Schleswig-Flensburg, bis er 2010 in den Ruhestand trat. 2007 veröffentlichte er bei BoD – Books on Demand „Planten un Blomen" ein „Wörterbuch schleswig-holsteinischer Pflanzennamen" (ISBN 978-3-8334-8589-3). Seit 2005 befasst er sich mit dem Übertragen bzw. der „Integration" von Märchen unterschiedlichster Provenienz ins Plattdeutsche. Klaus-Peter Asmussen wohnt heute in seinem Geburtshaus in Langberg, Gemeinde Handewitt.

Klaus-Peter Asmussen

De Deern in'e Appel

un anner Märkens,
nü vertellt up Sleswigsche Geestplatt

© 2016 Klaus-Peter Asmussen

Herstellung und Verlag:

BoD – Books on Demand, Norderstedt

ISBN 978-3-8391-4806-8

Wat in düt Book insteiht

De Deern in'e Appel

Dar is mal en König we'n un en Königin, de hebben gar keen Kinner hatt, un dar sünd se heel trurig um we'n. Un do seggt de Königin een Dag, warum se denn nich uck wat Lüttes hebben kann, seggt se, so as de dare Appelboom driggt Appeln. Un do kümmt dat so wiet, se schall en Kind hebben. Na en Tied kümmt se to liggen, un do kriggt se statts en Kind – en Appel. Dat is en smucke, lütte Appel we'n, root un gel, smuck as man een. Un do nimmt de König de Appel un leggt 'n up en gollen Teller, un de Teller, de stellt he up'e Terrass vör sin Huus.

Liekoever vör de König sin Slott hett en anner König wahnt. Un de dare König kickt mal ut't Finster, un do süht he, up'e König sin Terrass is en wunnerbar smucke lütte Deern, root un witt as en lütte Appel, de sitt dar un wascht un kämmt sik. De anner König is so verbaast, he kriggt rein de Mund nich wedder to, so'n smucke Deern het he noch nümmer nich sehn hatt. Man as de Deern em wies ward, do se hen na de gollne Teller un rin in de Appel un weg is se. Nu hett he ehr ja man en lüürlütte Ogenblick sehn, man dat hett langt, he mag ehr ganz bannig geern lieden.

Nu oeverleggt he un oeverleggt, un toletzt geiht he roever un kloppt bi dat Slott liekoever an de Dör. He lett sik na de Königin bringen un bidd't ehr, um he nich kann de schöne Appel kriegen, de se hett up'e Terrass. Ne, seggt se, dat kann he nich, um he denn nich weet, dat se sülven hett de dare Appel baren.

Man he blifft bi un blifft bi, un toletzt kann se nich mehr „nee" seggen. Se is bang we'n, de Fründschop

7

mit de anner König kunn twei gahn. Do driggt de dare König de Appel denn roever in sin Kamer. He lett allens trechtkriegen, wat 'n to'n Waschen un Kämmen bruken deit, un elkeen Morgen kümmt de smucke Deern rut ut de Appel un wascht un kämmt sik, un de König kickt ehr to. Anners deit de Deern gar nix, se itt nich, se drinkt nich un se snackt uck keen Woort. Se wascht sik blots un kämmt sik, un denn geiht se wedder rin in ehr Appel.

Nu hett de dare König, de hett mit sin Steefmudder tohopen levt, un de ward dat nu wies, dat de König elkeen Morgen sik in sin Kamer insluten deit, un se spickeleert un spickeleert, wat dat wull up sik hett, dat he sik dar ümmer so vör sik holen deit.

Nu hett dat mal Krieg geven, un do hett de dare König uck mit musst. Dat hett em rein dat Hart afdrückt, dat he nu sin Appel mit de smucke Deern hett t'rügglaten musst. Do röppt he sin trueste Deener, un gifft em de Sloetel to sin Kamer. Un he seggt to em, he schall jo uppassen, dat dar nüms ringeiht. Elkeen Morrn schall he dat Water un de Kamm för de Appeldeern trechtkriegen, seggt he, un he schall tosehn, dat ehr dat an nix fehlen deit. He schall dar man ümmer an denken, seggt he, se vertellt em dat naher allens. (Dat is ja nich wahr we'n, se hett ja nie nich snackt, man he hett dat so seggt.) He schall uppassen, vermahnt he em, dat ehr uck nich een Haar fehlen deit. Wenn ehr wat mallört, wo he nich dar is, seggt he, denn so kost't em dat sin Kopp! De Deener seggt, he schall man keen Bang hebben, he will dat woll kriegen.

De König is man knapp weg, do geiht de Steefmudder bi un will in de dare Kamer rin. Se deit de Deener en Slaapmiddel in de Wien, un do slöppt de in, un se nimmt em de Sloetel weg. Se gau hen na de Kamer, de Dör upslaten un söcht de ganze Kamer dörch. Man wat se uck söcht un söcht, finnen deit se nix. Blots de dare smucke Appel liggt dar up de gollne Teller. Un do meent se, blots de dare Appel kann dat we'n, 'nem ehr Soehn sodennig an hängen deit.

Nu hett se as Königin ümmer en Mess bi sik hatt, un do geiht se bi un will de Appel dörsnieden. Man bi elkeen Snitt löppt dar dat schiere Bloot ut de Appel. Do verfeert de Steefmudder sik, un se löppt weg un stickt de Sloetel wedder bi de Deener in de Tasch. De hett ümmer noch slapen, he is dar nix vun wies wurrn.

Toletzt ward de Deener waak, un he weet gar nich, wat dar los is. Do löppt he in de König sin Kamer, un do is dar allens vull Bloot. Do weet he gar nich, wat he maken schall, he kriggt dat ja mit de Angst, un do löppt he weg.

He löppt un löppt, un toletzt kümmt he bi sin Medder[1] an, de hett hexen kunnt. Do gifft se em twee Slag Pulver, een, dat is guut we'n för verwünschte Appeln, un een, dat is guut we'n för verwünschte Deerns, un de beiden röhrt se tohopen, un denn gifft se em dat.

Denn de Deener gau t'rügg na dat Slott un dar rin in sin Herr sin Kamer. Un do deit he vörsichtig in

---

[1] Schwester der Mutter

elkeen Snitt en lütte beten vun dat Hexenpulver. Do deit de Appel sik apen, un do kümmt de Deern dar rut. Man se is oeverall verbunnen un verplaastert we'n.

Na en Tied kümmt de König wedder t'rügg ut de Krieg, un dat ja foorts rin na sin Kamer. Man wat verbaast he sik, as he dar de Deern finnt. Ehr Wunnen sünd do al wedder heel we'n. Un noch mehr wunnert he sik, as de Deern anfangt un snackt. Un do vertellt se em, dat sin Steefmudder ehr hett staken mit 'n Mess, un dat se verblödd't weer, harr sin Deener ehr nich redd't. Man nu is se erlöst, seggt se, un se ist achtein Jahr oold, un wenn he ehr hebben will, denn will se sin Bruut we'n. Un wat he dat man will! Do ward in de beide Königssloet en grote Fest fiert mit vel Stahoi un grote Upstand. Blots de Steefmudder, de hett fehlt; de is weglapen we'n, un nümms hett wedder wat vun ehr hört.

En Märken vun Broder un Süster

Dar is mal en Tied we'n, do sünd de Lüüd noch nich so we'n as vundaag. Se sünd – ja, wo schall ik dat seggen? – se hebben allens kunnt, wat se vörnahmen hebben, un wenn een hett an't Enne vun'e Welt gahn wullt, denn so is he dar uck henkamen. Sörre de Tied hebben wi vel verlehrt, 'nem unse Vöröllern noch kumpabel to we'n sünd, un wi koenen dar blots noch vun vertellen.

Dar is mal en Mann we'n un en Fruu, de hebben twee Kinner hatt, en Jung un en Deern. Lang' hebben se glücklich un tofreden tohopen levt, do ward de Fruu upeens krank un blifft doot.

Nu is de Mann nableven, un he denkt dar uck nich an un verheiraden sik wedder. He is riek, hett en Huus mit en grote, smucke Gaarn, Perd un Waag un wat dar so tohört to en feine Leben.

Man up'e Naverschop hett en junge Deern wahnt, de is ebenso smuck we'n as leeg. De hett de Mann sin Besitz geern hebben wullt. Un wat se will, dat kriggt se uck.

Sin Dochter, de hett Marie heeten, un sin Soehn Jochen, un wenn dar mal een vun an ehr Huus längskamen is, denn so hett se se rin rapen, un denn hebben se to eten kregen un to drinken un allerlei Geschenken, un do hebben de Kinner ja meent, se is en gude junge Fruu. Un to Huus vertellen se dat denn se's Vadder, wo guud de dare Naversch to se is.

Mal seggt de Naversch to de Kinner, se hett neegste Wuch Geburtsdag. Wenn se dat nu t'rechtkriegen, dat se's Vadder denn uck kamen deit, denn so koenen se sik elk wat utsöken vun dat, wat dar in't Huus is, dat mag en Ked we'n oder en Dook, en Mess oder en Toom. Dar dücht de Kinner ja so recht wat um, un se vertellen se's Vadder darvun. Toeerst will de dar ja gar nix vun weeten – he is man noch wenig ünner Lüüd gahn, nadem dat sin Fruu dootbleven is – man toletzt is he sin Kinner to Gefallen un geiht dar uck hen.

As se dar henkamen, do gifft dat dar en grote Eten mit allerlei leckere Saken un uck rieklich to drinken. De Wittmann hett dat uck recht guud gefullen, man an't Enne vun't Fest steiht he up un seggt, nu woe'n se man na Huus gahn. Do hollt de Fruu em t'rügg un seggt, se hett de Kinner wat verspraken, un dat will se uck hollen. Un se nimmt Jochen un Marie bi de Hand un geiht mit se dör't Huus, dat se sik wat utsöken schoe'n. Un do schenkt se Marie en Ring un Jochen kriggt en sülverne Mess. Un as se t'rügg-kamen in'e Saal, 'nem all de Gäst sitten doon, do maakt se dar en Kasten up un schenkt de Vadder uck wat, en smukke, siedene Halsdook kriggt he.

Dar vergeiht en ganze Tied, un de Kinner se's Vad-der denkt al gar nich mehr an de smucke Naversch, do fallt em dat mal in un he binnt sik dat Halsdook um, un as he dat um hett, do kriggt he mitmal so'n bannige Lengen na de dare Fruu. Un do seggt he to sin Kinner, se gahn ja faken hen na de dare Fruu, seggt he, wat se denn dücht um ehr. Ja, seggen se, se moegen ehr bannig geern lieden. Um se ehr denn woe'n as Mudder hebben, fraagt he do. Ja, dat woe'n se geern. Un do geiht he hen, un ofschoonst de Lüüd em all afraden doon, do heiraad't he de dare junge Fruu.

An'e Dag na de Hochtied schall se umtrecken na ehr Mann sin Huus. Do snackt se mit de Kinner un seggt, dat is dar bi ehr doch vel schöner as in se's ole Huus. Un se seggt, wenn se dat t'rechtkriegen, dat se's Vadder umtreckt in ehr Huus, denn so schoe'n se elk en Stuuv för sik hebben, un wat dar in is in de Stuuv, dat schall se's we'n.

Dütmal is dat nich so licht för Jochen un Marie un kriegen se's Vadder rum. Em dücht, dat hört sik nich för de Mann un trecken in dat Huus vun sin Fruu. Man sin Kinner blieven ümmer bi, un toletzt gifft he na, verköfft sin Huus un treckt in sin tweete Fruu ehr Huus.

Dat is an'e Anfang uck all recht schön we'n. Man de junge Fruu is en Hex we'n, un se hett em nich ut Leev heiraad't, nee, se hett blots sin Besitz hebben wullt. Se hett em afsluuts nich utstahn kunnt, un sin Soehn uck nich. Man de Deern, de hett se geern lieden mucht, ut ehr hett se uck en Hex maken wullt.

Un do een Dag, wat deit se? Ehr Mann liggt in Slaap, un do nimmt se ehr Hexenrood un tickt em darmit an, un do is he foorts en Figur ut Holt, de nimmt se un slept 'n rut in't Schuer, un dar verstickt se de holten Keerl achter allerhand Kraamstücken. Denn geiht se in de Stuuv, 'nem Jochen slöppt, un do tickt se em uck an mit ehr Hexenrood, un do ward he foorts to en Hund, un do jaagt se em mit Släg ut't Huus.

As Marie an'e neegste Morrn waak ward, do löppt se in ehr Broder sin Stuuv, man dar is nümms. Ehr Steefmudder is al hooch un fraagt ehr, um se een söken deit. Ja, seggt se, ehr Broder Jochen. Tjä, seggt de Olsch, de is mit se's Vadder weg gahn, se woe'n en Reis maken. Do fangt Marie an un weent, se is trurig, dat se ehr nich hebben mitnahmen. Man mit de Tied fallt se wedder to Ruh un töövt dar up, dat se wedderkamen. Se töövt en Dag, se töövt en Wuch, se töövt en Maand. Ja, dar vergeiht en ganze Jahr, man dar kümmt nich Vadder, nich Broder.

Een Sünndag geiht Marie to Kirch – se is ümmer mit en Deenstdeern gahn, ehr Steefmudder is nie nich to Kirch gahn – un as de Deenstdeern hengeiht un steken en Licht an, do dücht Marie, se hört en Stimm, de seggt, se schall an'e Avend na de Soot henkamen. Ehr is so, as wenn dat ehr Mudder is, de dat seggt. Se kickt sik um, man dar is nümms.

De neegste Sünndag is se wedder in de Kirch, un as de Deenstdeern hengeiht un steken en Licht an, do hört Marie wedder de Stimm, se schall an'e Avend na de Soot kamen; wenn se nich kümmt, seggt de Stimm, denn so schüht ehr en Unglück. Se kickt sik um, man dar is nümms to seh'n, man nu ward se doch meist bang.

An'e Avend sliekert se sik liesen ut't Huus un geiht na de Soot. Man dar is keen Minsch, blots en Hund liggt dar. As Marie dar henkümmt, do steiht 'n up, wackelt mit'e Steert un seggt, he is Jochen, ehr Broder. Se's Steefmudder, seggt he, dat is en böse Hex, un se hett se's Vadder dootmaakt, un ut em hett se'n Hund maakt, un ut ehr will se en Hex maken. Wat se denn doon schall, fraagt se do. Do seggt he, se schall sik allens guut marken, wat he ehr nu seggen deit. Wenn se allens jüst so maakt, denn so koenen se rett' warrn. Anners sünd se all dree verratzt. Darum schall se guud uppassen.

Do leggt de Hund sik dal un Marie sett sik up'e Rand vun'e Soot. Un denn seggt de Hund, wenn wedder Vullmaand is, denn so geiht de Hex bi Nacht ut't Huus. Denn schall Marie waak blieven, se dörf jo un jo nich inslapen. Wenn de Hex weg is, denn schall se na dat Schuer in'e Gaarn gahn. Dar steiht ganz achtern en holten Keerl, dat is se's Vadder. Se schall 'n up'e Nack nehmen un mit 'n wegslepen. Un se schall uck dat sülverne Mess ut sin Stuuv un de Ring mitnehmen, de de Hex ehr geven hett. Un wenn se dat allens hett, denn schall se wedder dar na de Soot henkamen. He will dar up ehr töven. He weet nau, wat denn passeern mutt, seggt he, un dat ward uck passeern. Man se schall sik vörsehn, seggt he, de Hex ward versöken un geven ehr wat in to slapen. Se will wull uppassen, seggt de Deern.

As denn de Tied dar is, dat de Maand vull ward, do will de Hex los to danzen. An'e Avend kümmt se noch mit en Glas Melk na Marie ehr Bett un seggt, de schall se man drinken, de is gesund un ward ehr guutdoon. Se schall man drinken, seggt se, un sik plegen, denn se woe'n bald up Reisen gahn. Ja, seggt Marie, se will blots noch beden, un denn will se de Melk drinken un slapen gahn.

As de Olsch rut is, do steiht Marie up un kippt de Melk in'e Nachtputt, un denn leggt se sik wedder to Bett un deit, as wenn se inslapen is. Lütt beten later geiht de Dör up, de Hex kümmt rin, kickt na de Deern un meent, se slöppt. Do geiht se weg un geiht ut't Huus.

Marie hett man knapp hört, dat dat Door tosnappt is, do steiht se liesen up, treckt sik an un sliekert na dat Schuer. Dar stickt se en Licht an, un do finnt se würklich en holten Keerl, de süht ut as ehr Vadder. Do wischt se mit en Plünn de Stoff en beten af, un denn nimmt se 'n up'e Nack un driggt 'n bet an't Door. Denn geiht se nochmal t'rügg un haalt ut Jochen sin Stuuv dat sülverne Mess un stickt dat in ehr Lievreem.

Nu hett se allens bi'nanner – de Ring hett se all an'e Finger hatt – un do maakt se liesen dat Door up, kickt links, kickt rechts – un as se nümms wies ward, nimmt se de holten Keerl up'e Nack un maakt, dat se na de Soot henkümmt so gau, as se man kann.

An'e Soot luert al de Hund up ehr, wat ja ehr Broder Jochen is. De seggt, se schall achter em ranlopen, all wat se kann. Bet annern Morrn moet'n se güntsiet dat Water we'n, de Hex ward achter se rankamen, man de hett blots Macht up düsse Siet vun't Water. Güntsiet, hebben se – Jochen un Marie – jüst so vel Macht as se.

Un denn jachtern se los, stackels Marie kümmt ganz ut'e Puust. Dat ward jüst schummern, do sehn se dat Water vör sik. Do seggt Marie, wodennig se denn roeverkamen schoe'n, dar is ja wied un sied keen Brügg. Do seggt de Hund, se schall se's holten Vadder in't Water leggen un sik dar an fastholen. He will swümmen un se beide oever dat Water trecken.

Un so maakt Marie dat denn uck. Se leggt de holten Keerl as en Brett in't Water, klammert sik dar an fast, un de Hund jumpt in't Water, nimmt de Keerl mit sin Tähns an'e Fööt faat un treckt sin Vadder un sin Süster oever dat Water. Güntsiet klarrn se denn all kloeternatt ut't Water, Marie nimmt de holten Keerl wedder up'e Nack, un de Hund löppt vörut. Toletzt kamen se an en Holt, dar verpuusten se sik.

Intwüschen kümmt de Hex na Huus, un ehrer se slapen geiht, will se noch mal na Marie kieken. Se maakt liesen de Dör na de Deern ehr Stuuv up: nix! Do verfehrt se sik un löppt dör't ganze Huus, kickt in alle Stuven: Nix, keen Marie to finnen! O, so'n Aas, seggt de Hex, se mutt de Melk wegdaan hebben!

Denn rennt se na dat Schuer. Nu will se endlich de Ole verbrennen, seggt se bi sik, se weet gar nich, warum se dat nich al lang' daan hett. Man de holten Keerl is weg. O, so'n Aas, seggt se, un darbi hett se ehr doch holen as ehr eegne Dochter! Man se schall ehr nich utwitschen.

Do rifft se sik de Näs in mit Hexensalv, dat se Marie ehr Spoor upnehmen kann, un se löppt as en Perd. Eerst na de Soot, denn ut't Dörp rut un wieder na dat Water. Man dar is dat ut mit ehr Kunst, dar verleert se de Spoor, un oever dat Water kann se nich roever.

Nu laat uns man de Hex dar an't Water laten, un laat uns sehn, wat Marie maakt. As Marie un de Hund, wat ja ehr Broder Jochen is, as de sik 'nugg verpuust' hebben, do nimmt Marie de holten Keerl, wat ja ehr Vadder is, up'e Nack, un denn gahn se in de Bargen. An'e Avend, as dat düüster ward, do kamen se na en Stä' an'e Kant vun en lütte Holt, dar is en Quell un dar wahnt en Eremit bi. He hett sik dar en lüerlütte Kirch buut hatt un en Hütt, de hett man een enkelte Stuuv hatt. Dar kloppt Marie an un seggt „Gu'n Avend". Do fraagt de Eremit ehr, wat se denn noch so laat dar will. Se seggt, se is en arme Deern, de vör en Hex utneiht is. Ja, seggt he, denn schall se man rinkamen.

Do geiht de Deern rin un vertellt em ehr Geschicht. De frame Mann denkt lang' na, un denn seggt he, se kann för't eerste dar blieven, dar is se seker. Man dat geiht nich anners, se mutt in'e lütte Kirch slapen, denn in de Hütt is keen Platz, un dat schickt sik ja uck nich. Do geiht de Deern in de Kirch slapen, de Hund leggt sik vör de Dör, un de holten Vadder stellt se in de Vörruum.

Na en paar Daag seggt de Ole to ehr, he hett in sin Böker nalest, un nu weet he, wat he maken mutt, un he weet uck, wodennig he ehr Vadder un ehr Broder erlösen kann. He will de Holtkeerl verbrennen, seggt he, un mit de Asch mutt he hen na de un de hillige Diek, un dar mutt he de Asch denn mit de Lehm dar vermengeleern. Ehr Broder kann mit em gahn, man se mutt darblieven. Un denn seggt he to ehr, se weet ja nich, dat 'n mit ehr Ring hexen kann. Dar kann 'n elkeen Utsehn mit annehmen, wat 'n man will. Se schall de Ring man nu an ehr Middelfinger steken, seggt he, un denn seggen, de schall ehr to en Eremit maken. Do deit se dat, un do süht se miteens de hillige Mann liek as een Ei dat anner, ik meen, as een Twäschenbroder de anner.

Do seggt de Ole, wenn he ünnerwegens is, denn ward de Hex kamen un ehr fragen, um se nich hett en Deern sehn mit en Hund un en holten Keerl. Un denn schall se seggen, se hett se sehn. Un denn ward de Hex fragen, wonem se hengahn sünd, un denn schall se seggen:

> „De Deern un de Hund
> sünd hier we'n mennig Stunn.
> Na de hillige Diek sünd se gahn.
> Mi is dat all eendoont."

Denn geiht de Hex dar hen, seggt he, 'nem he mit ehr Vadder un Broder hengahn is, man se ward se nich bemöten, se woe'n en anner Weg na Huus gahn. Un denn nimmt de Ole Maries holten Vadder up'e Nack, röppt de Hund Jochen un maakt sik up'e Padd.

Marie geiht – as Eremit – hen un lüüdt de Klock, dat is jüst de Tied. Un se hett man knapp ferdig lüüdt, do kümmt de Hex dar an. Se hett Marie nich kennt, man Marie ward ehr Steefmudder foorts kennen. Do fraagt de Hex ehr, um se nich hett en Deern sehn mit en Hund un en holten Keerl. Jo, seggt se, de hett se sehn, un se hebben en paar Daag dar bi ehr wahnt. Ja, wonem se denn afbleven sünd. Do seggt Marie, se mutt ehr wat Tied laten, se mutt eerst beden, un wenn se darmit ferdig is, denn will se nadenken, un denn kann se ehr dat vellicht seggen.

De Eremit kümmt nu bi un bed't un bed't, un de Hex geiht buten de Dör up un af. Na en Tied röppt se na de Dör rin, um he noch nich is ferdig. Nee, seggt Marie, noch nich, aver glieks. Un so mutt de Hex en ganze Tied töven, un do is dat Avend wurrn, un Marie kümmt as Eremit rut ut de Kirch un seggt, nu is se ferdig, un so as se sik erinnert, hett de Deern na en hillige See or Diek or Tümpel hen wullt, man heel nau weet se dat nich mehr. Do meent de Hex, se ward dat al rutfinnen, man vundaag is dat al to laat, un se fraagt, um se kann dar oevernachten. Jo, seggt Marie, se kann dar in de Hütt slapen, se sülven will denn in de Kirch blieven.

Anner Morrn maakt de Hex sik up'e Padd un gifft de Eremit nich mal velen Dank, un se rennt un rennt, man Marie un de Hund finnt se nich. An'e Avend kümmt de Hex wedder na de Eremit sin Hütt un fraagt, um de Deern mit de Hund noch nich is wedder t'rügg. Do seggt de hillige Mann:

> „De Deern un de Hund
> sünd hier we'n mennig Stunn.
> Na de hillige Diek sünd se gahn.
> Mi is dat all eendoont."

Ja, bölkt de Hex, dat will se wull glöven, dat em dat all eendoont is, man ehr nich. Anner Morrn nimmt se wedder de Spoor up, rennt na de hillige Diek un kümmt an'e Avend wedder t'rügg: um de Deern mit de Hund noch nich wedder t'rügg is. Un de Eremit seggt wedder:

> „De Deern un de Hund
> sünd hier we'n mennig Stunn.
> Na de hillige Diek sünd se gahn.
> Mi is dat all eendoont."

Un wenn em dat dusendmal eendoont is, bölkt de Hex, ehr nich, se ward de Deern un de Hund al faat kriegen.

Anner Dag hen to Middag kümmt de richtige Eremit t'rügg mit Jochen un Marie se's Vadder, de is nu wedder lebennig. Un do seggt de Eremit to Marie, se schall ehr Hexenring nu mal ehr Vadder geven, se woe'n em uck to en Eremit maken. Un sodennig passert dat uck. Denn seggt de richtige Eremit, se moet'n de Hund versteken. Eegens, seggt he, dörf en Hund ja nich in de Kirch, man düsse Hund is ja eegentlich en Christenminsch, un to de Hund seggt he, he schall sik in de Kirch versteken, un dat deit Jochen uck.

Avends kümmt de Hex, do lüüdt jüst de Klock, un ut de Kirch hört 'n en smucke, frame Gesang: Dar singen dree Eremiten. Do mutt de Hex töven. Toletzt sünd se denn ferdig. As se rutkamen, do is de Hex ganz verbaast, so liek sehn se sik, un se fraagt, wo dat angeiht. Se sehn sik so liek, se weet gar nich, wokeen dat is, 'nem se mit snackt hett. Ja, seggen se, dat kümmt darvun, se sünd Bröder. Ja, seggt se, wat denn nu mit de Deern un de Hund is. Do seggen se, se schall se doch in Ruh laten mit ehr Deern un ehr Hund. Se interesseern sik nich för Deerns un Hunnen, seggen se, se hebben wat anners to doon.

Man de Hex will nich gahn. Do seggt de richtige Eremit to ehr, se kann nich elkeen Nacht dar tobringen, nu sünd sin Bröder dar, nu bruukt he sin Hütt sülven, se schall sik annerwegens en Ünnerkamen söken. Man he hett wusst, dat de Hex bi Nacht wedderkümmt. Un do nimmt he dat sülverne Mess, wat de Hex Jochen schenkt hett, un dat maakt he sodennig an'e Finsterbank vun'e Hütt fast, dat de Spitz na baven wiesen deit.

In'e düstere Nacht, as se all slapen, do kümmt de Hex un will dör dat Finster in de Hütt stiegen. Do loehnt se sik dar an, un do stickt ehr dat Mess deep in de Bost un snitt ehr dat Hart twei.

Anner Morrn drägen de dree ehr denn in't Holt un klei'n ehr dar in. Denn maken Marie un ehr Vadder sik mit de Hexenring wedder to Mann un Dochter. Un denn seggt de Eremit, se schoe'n de Hund man de Ring in'e Snuut geven. Un knapp hett he de Ring dalsluckt, do is he wedder en Minsch.

Sodennig is allens wedder guut wurrn, un Marie un Jochen hebben lange Jahren de Eremit besöcht, un he hett uck noch se's Kinner döfft. Un nu is de Geschicht all. Man dat ole Woort blifft bestahn: „Steefmudder – keen Futter!"

De König, de sin Woort nich holen hett

Dar is mal en König we'n, de hett en bannig smucke Dochter hatt. Mal lett he in't ganze Riek utropen, wenn dar een is, de en heele Nacht in'e Winter ganz nakelt up't Dack vun sin Slott up un dal gahn kann, de schall sin Dochter to Fruu hebben.

Do kamen dar en Barg junge Lüüd un versöken dat, man se freern all doot. Nu sünd dar dree Bröder we'n, de hebben dar uck vun hört, un do woe'n se dar uck mal hen. Toeerst geiht de öllste hen na de König, un do seggt de to em, dar hett noch nüms bet to'n annern Morrn uthollen, um he dat liekers wagen will. Ja, seggt de Jungkeerl, dat will he, un he geiht dar rup. De Küll is gräsig. He haut ümmer düchtig mit de Arms um sik, he haut sik mit de Füüst an de Rump, an de Beens, an de Fööt, an de Kopp, un toletzt ward he so blau as en Bickbeer, un do fallt he dal un is doot.

Do smieten se em to de annern, de al vör em dootfraren sünd. Nu will de tweete Broder sin Glück versöken. Man wat he sik uck an de Rump haut un sik an de Eer trünnelt, dat helpt all nix, he freert uck doot.

Toletzt waagt de jüngste Broder dat uck. Eerst geiht he dar forsch up un af. Dat is hunnenkoolt un pickendüüster. Do süht he wiet weg en lütte Licht, as vun en lütte rote Lantücht. Dat Licht deit sin Ogen guut, alleen as he is, un he kickt dar ümmerto hen. So höllt he sik waak un bi Kräften un lebennig bet to'n Morrn. Man do kann he meist nich mehr stahn vör Küll.

As he do vör de König kümmt, wunnert de sik un fraagt em, wodennig he sik hett an't Leben hollen. He hett wiet weg dat Licht vun en Lantücht sehn, seggt he, dat hett he ümmer ankeken, un sodennig hett he sik uprecht un waak hollen. Do röppt de König, he is en Hallunk un en Bedröger, he hett sik an dat dare Licht wärmt un em bedragen. Nu gifft he em sin Dochter nich, un denn jagt he de arme Keerl ut't Slott.

Wat later schall dar bi de König en grote Fest fiert warrn. De boeverste Kock hett en Barg to doon un is bang, dat he dat Eten nich ornlich t'rechtmaken kann – de König hett em allerhand vigelinsche Kraam updragen hatt. Do kümmt dar mitmal en smucke junge Mann in'e Koek un seggt, he will dat Eten ganz alleen klaarmaken. De Kock freut sik, un he oeverlett allens de dare junge Mann un geiht rut ut'e Koek. Do stellt de Jungkeerl up alle Füersteden Pütte un Pannen mit dat Eten, wat dar schall kaakt warrn. Man up nich een vun de Füersteden fengt he Füer an, blots in so'n lütte Aben, de hett he merrn in de Koek henstellt.

Kort vör dat Eten kümmt de König dal in'e Koek, he will mal tokieken, um dat Eten uck behörig t'recht-maakt ward. Do kickt he in all de Pütte un Pannen, un he süht, dar ward gar nix kaakt, dat is allens roh. Blots merrn in'e Koek, up so'n lütte Aben, dar kaakt een Putt; de annern Füersteden sünd all koolt. Do he ja up de junge Mann dal un fraagt em, wat dat bedüden schall, dat he dat Eten nich kaken deit. Na, seggt de, dat kaakt ja doch: Dat Füer vun de lütte Aben in de Mitt kaakt allens. Do bölkt de König, wodennig wull Füer wärmen kann, wenn da so wiet

weg is. Tja, seggt de junge Mann, he hett ja anner-
letzt sülven seggt, he hett sik an dat Licht vun en
lüerlütte Lantücht wärmt, de ganz wiet weg weer.

Ja, seggt do de König, dar hett he nu wat Wahres
seggt, un do gifft he em sin Dochter to Fruu.

De Geschicht vun de Iesern Handstock

Dar is mal en rieke Buer we'n, de hett en Soehn hatt. As de nu sösstein Jahr oold ward, do röppt sin Vadder em to sik un seggt, he will em geern wat schenken, he schall sik man wat utsöken.

De Jung denkt lang' na, un denn seggt he, he will de Welt kennen lehrn un frömde Länner besöken. De Ole hört sik dat an. Un do gifft he em Verlööf, he kann in de Welt gahn, un he fraagt em, um he anners nix hebben will. Nee, seggt de Jung, he will blots en Handstock hebben, en Handstock ut Iesen. Sin Vadder seggt, he will em een maken laten, man em dücht doch, dat is man bannig wenig.

De neegste Dag schickt he em na de Smidt, em schall he dat man seggen, wat he hebben will. De Jung denn ja hen na de Smidt un seggt em dat, man he gifft so grote Maten an för de Handstock, de Smidt ward lachen un seggt, he will gar keen Geld nehmen för de Arbeit, wenn de Jung man de dare Handstock böhren kann, wenn 'n ferdig is. Do geiht de Jung na Huus, un de Smidt geiht an de Arbeit.

As de Smidt nu de Handstock umdreihn will, dat he 'n uck kann vun de anner Siet bearbeiten, do mutt he dar doch würklich en Paar Ossen bikriegen. Af un an snackt de Smidt mit de Vadder un lacht un meent, dat schall em doch mal verlangen, wodennig sin Soehn wull will de dare Handstock upböhren.

De Daag vergahn, un toletzt is de Handstock ferdig. Vör de Dör vun de Smä lopen de Lüüd tohopen un woe'n tokieken, wenn de Jung de Handstock afhalen deit. Keeneen glöövt, dat de Jung de Handstock upböhren kann. De Smidt rifft sik al de Hänne, so freut he sik to de gude Hannel, de he maakt hett.

Na, de Jung kümmt ja an, kehrt sik an nümms, geiht hen na de Handstock, böhrt 'n up un fangt an un spelt darmit. De Lüüd sünd rein ut de Tüüt, man de Smidt sleit sik vör de Kopp, he is nu heel un deel bankerott, so vel Geld verleert he. He hett ja af-maakt, he will nix för de Arbeit hebben, wenn de Jung kann de Handstock böhren.

Do geiht de Jung na Huus, he will adjüs seggen to sin Vadder un Mudder. As he nu dar ankümmt, do loehnt he de Handstock an de Dör – do fallt de foorts um. Do loehnt he de Handstock an de Wand, un do fangt dat heele Huus an un wackelt. Do gifft sin Mudder em en Büdel mit Kees un noch en beten wat för ünnerwegens un seggt, he schall doch man jo de Handstock wegnehmen, anners smitt he se noch dat ganze Huus um. So swaar is de dare Handstock we'n!

De Soehn seggt nu sin Vadder un Mudder adjüs un maakt sik op'e Padd. He geiht un geiht, un upmal hört he vun wieden een singen. De Jung geiht neeger ran, un do süht he en Keerl mit en grote Äx in'e Hand, un elkeen mal, wenn he de Äx dalsusen lett, denn haut he mit een Slag en hele Föhr um, mit een eenzige Slag.

Dat mag de Jung ja nu lieden, un do geiht he foorts hen na em. Man de Mann kehrt sik gar nich an em, he singt un haut man ümmer vörföötsch wieder. Na, toletzt kickt he denn doch mal hooch un kickt sik de dare Handstock an. He wunnert sik un ward miss-truusch un fraagt de Jung, wokeen he is un wonem

he hen will. Do seggt de Jung, he will in de Welt. De
Mann hollt up mit sin Arbeit un seggt, wenn he so
stark is un kann de dare Handstock holen, denn so
will he mit em gahn.

Un so gahn se mit'nanner los. De Mann mit de Äx is
nümms anners we'n as de Föhrenhauer. Se gahn nu
en ganze Tied vöran un vertellen sik wat ut se's Le-
ben. Man miteens kamen se an en Krüüzweg, un do
weeten se nich, 'nem se langgahn schoe'n. Do sehn se
dicht bi up en Feld en Keerl, de plögt dar mit en
Spann Ossen, un en Jung helpt em darbi.

Se gahn nu hen na em un vertellen em, se gahn rut
in de Welt, man nu weeten se nich, 'nem se an besten
langgahn schoe'n. Do kickt de Mann se scharp an, un
denn böhrt he mit een Hand de Ploog, de Ossen un
de Jung hooch un wiest se de Richt un seggt, dar
lang. De Jung mit de Handstock un de Föhrenhauer
freuen sik, dat se sünd de dare Keerl bemött, un do
seggen se, he schall doch man mit se gahn. De Mann
is inverstahn, un do schickt he de Jung na Huus, he
schall Bescheed seggen, he is to Avendbroot nich to
Huus, he kümmt wat later, he will in de Welt gahn.

Nu trecken se denn all dree los. De Mann, de so licht
en Ploog sammts de Ossen un de Jung un allens
böhren kann, dat is de Bargenflütter we'n.

Ünnerwegens kriegen se denn allerhand grootmäch-
tige Saken to sehn, un allens interesseert se. As se
do mal um en Barg rumkamen, do sehn se dar en
Mann, de steiht an en Soot un süht heel trurig ut. Do
fragen se em, wat he denn hett, un he vertellt se, he
arbeit' an de dare Soot, man de is so deep, so een
hett he noch nie nich sehn, un wenn he dar in

dalklarrt, denn kümmt em an de eene Stä' ümmer en Swarm Mücken in de Mööt un noch leegere Saken, un de laten em nich in Ruh arbeiten, un wieder dalstiegen kann he uck nich. He kriggt meist dat Blarren, as he se dat vertellt. De dree Frünnen hören sik dat an, un denn is de Föhrenhauer de eerste, de dalklarrn will. Dar sünd se all inverstahn mit, un he stiggt dal. Eerst hebben se noch afmaakt, wenn em wat Leeges passeern deit, denn so will he se en Teeken geven un an't Tau trecken. Dat lett al, as wenn allens klaar geiht, do ward miteens dat Tau stramm trocken, un do trecken se dat hooch, so gau as se man koenen, un do kümmt de Föhrenhauer dar rut un bevert an't ganze Liev un seggt, he kann nich mehr, dat kann nümms utholen, so vel Mücken sünd dar, un Immen, un all de Sticken, dat is de reine Höll.

De annern hören sik dat an, un do seggt de Bargenflütter, denn will he nu mal dal, un se schoe'n em blots ruptrecken, wenn he dreemal an dat Tau tucksen deit.

Dat is se all recht, un de Bargenflütter stiggt dal. Deeper un deeper is he stegen un heel lang' nedden bleven. Man denn upmal ward dat Tau stramm, un nochmal un ümmer un ümmer wedder, ganz gau achter'nanner.

As de Bargenflütter denn ut de Soot rutstiggt, do kennen se em meist nich wedder. Sin Gesicht is vull vun Sticken un sin Haar is ganz tußelig, so hett he sik dar nedden haut, un darbi is dat doch de Bargenflütter we'n!

Nu is denn ja de Jung an de Reeg – de Iesern Handstock, so hebben se kortfardig to em seggt.

Do kieken se em all an un woe'n weeten, wodennig he dat anstellen will. Na, he seggt eenfach, se schoe'n dat Tau dallaten, un wenn se marken, dat ward stramm, denn so schoe'n se dat ümmer wieder dallaten, so wied as dat man geiht.

Do woe'n se em eerst nich dal laten, se sünd ja Frünnen we'n vun de Iesern Handstock, un de Mann, de dar an de Soot arbeit' hett, de kann dat gar nich faten, so'n Keerls hett he noch nümmer nich sehn! Toletzt kriggt de Iesern Handstock denn doch sin Willen un stiggt foorts dal. Sin Handstock nimmt he natürlich mit.

Toeerst bemött em dar nix vun Bedüden. Man upmal kamen dar Mücken vun alle Kanten. He verdeffendeert sik en Tiedlang mit sin Handstock, man de Mücken laten em nich in Ruh, un do treckt he an dat Tau. Foorts fieren de baven dat wieder dal. Un dat is man sin Glück, denn beten later sünd de Mücken weg, as weghext. Do is he al bös tweistaken we'n.

Nu stiggt he wieder dal, un do hört he dar wat summen un brummen, un dat kümmt ümmer neeger. Em ahnt nix Gudes, man he stiggt ümmer wieder dal – wat schall he uck anners doon. Man do, mit eenmal, do kamen dar Wausen[1], so vel, he weet gar nich, 'nem he sik hendreihn schall. Mit sin Handstock haut he so vel doot, as he man kann, man dar kamen ümmer mehr, he kann sik knapp noch verdeffendeern. Do treckt he an dat Tau, so dull as he man

---

[1] Wespen

kann, man de dar baven, de fieren dat Tau natürlich ümmer deeper dal. Dat is ganz gresig, un de Iesern Handstock meent al, nu is dat ut mit em.

Man as de dar baven dat Tau ümmer wieder dalfieren, do warrn de Wausen bi lütten weniger, un de Iesern Handstock oeversteiht uck düsse leege Minuten. Up eenmal süht he do in dat Schummern in de Soot en Lock in de Wand, un do stött he sik so'n beten af un kümmt ganz dich ran an dat Lock un springt dar foorts rin. Do kümmt he dar in so'n düüstere Gang, as in en Bargwark. Man he geiht ümmer wieder, un mit'nmal steiht he in en grote Saal, dar is dat ganz hell in. He weet nu ja gar nich recht, 'nem he is, man he löppt dar hen un her un kickt sik allens nipp an. Do ward he wies, up en Disch liggen twee Swerter. Dat eene is heel smuck un blinkert, dat süht meist ut as ut Kristall. Dat anner is ut Iesen, heel grimmig[1] un ganz verrust'. Do geiht he an de Disch ran un grippt sik dat Swert ut Iesen. Wupps! steiht dar mitmal en pickswatte Kater vör em. Heel verwunnert gluupt de Iesern Handstock de Kater an, man noch mehr wunnert he sik, as de Kater mit em snackt un em fraagt, warum he hett dat rustige Swert nahmen, um he nich leever will dat anner hebben, dat so smuck is un blank.

Do ahnt de Iesern Handstock foorts nix Gudes, so vel Sorg, dat he man jo schall dat smucke Swert nehmen, dar is sachs wat nich richtig bi, denkt he, un do seggt he, he will leever dat dare hebben, wenn't uck grimmig un rustig is.

---

[1] grimmig = hässlich (dän. grim)

Do grippt de Kater sik foorts dat anner Swert un springt bisiet. De Iesern Handstock süht dat un geiht foorts en bet' t'rügg un luert af, wat dar nu kümmt. Do geiht de Kater up em los, man he verdeffendeert sik mit dat rustige Swert, un as he do mit sin Swert an dat vun de Kater sleit, do springt dat in dusend Stücken – dat is würklich blots ut Glas we'n.

Do maakt de Kater sik praat un will nochmal tospringen, man de Iesern Handstock hoppt to Siet un haut em en Ohr af. Do springt de Kater to un will dat Ohr upkriegen, man de Iesern Handstock mit sin Swert lett em nich un seggt, dat Ohr is nu sin. Un do kriggt he dat Ohr up un stickt dat in de Tasch. De Kater seggt, he schall em dat Ohr geven, man he seggt nee. Un nochmal verlangt de Kater sin Ohr, man de Iesern Handstock seggt wedder nee.

Do seggt de Kater, he schall verlangen, wat he will, man he schall em sin Ohr geven. Do seggt de Iesern Handstock, he will em dat geven, man eerst mutt he em dar rutbringen.

He hett man knapp ferdig snackt, do is he al in en heel smucke Gegend, man dat kümmt em all afsünnerlich vör: Dar is en Perd, dar liggt en Hümpel Knaken vör, un blangenan en Hund, de hett en Bunk Gras vör sik liggen. Un do markt he dat, he is in en Land, dar is allens verkehrt. Nu is he avers en orntliche Minsch, un do geiht he bi un vertuuscht dat Foder vun dat Perd un vun de Hund. Foorts warrn ut Perd un Hund en smucke Königsdochter und en staatsche Königssoehn, un se vertellen em, se sünd vele Jahren verhext we'n, un blots en drieste Jung as he harr bet up de Borm vun de Soot dalstiegen kunnt. As he dat nu hört, do blifft em rein de Mund apen stahn. Dar hett he noch gar nich an dacht hatt, dat he ganz nedden in de Soot ankamen is, he hett meent, de Kater harr em na baven bröcht.

Man de beide Königskinner sünd trurig un seggen, dat nützt se gar nix, dat de Bann braken is, hier, 'nem allens verkehrt is, koenen se ja nich leben. Dat hört de Iesern Handstock sik an, un denn seggt he, hett de Kater em dar dalbröcht, denn so kann he em sachs uck wedder ruthalen, em un de Königsdochter un de Königssoehn.

Un do kriggt de dat Ohr rut – dat hett he ja noch in de Tasch hatt – un denn bitt he dar rin. Foorts – nümms weet 'nem he herkümmt – is de Kater dar un will sin Ohr hebben. Ja, seggt de Iesern Handstock, vellicht deit he dat un gifft em dat Ohr, man se sünd dar doch in en heel gediegene Gegend, keen Sünn, keen Bargen, un allens is verkehrt ... he schall se foorts dar rutbringen.

Do sünd se in en Wuppdi baven an de Kant vun de Soot. Man de Bargenflütter un de Föhrenhauer un de Sootmann, as de miteens de Iesern Handstock un de Königsdochter un de Königssoehn to sehn kriegen, do verfehrn se sik sodennig, se neihn foorts ut, un nümms hett se jichens weddersehn.

Man de dare Kater, dat is nümms anners we'n as de Swatte, un he is ümmer noch achter de Iesern Handstock ran, dat de em sin Ohr weddergeven schall.

33

Schiet an't Geld – ik weet, wat ik weet

Dar is mal en Mann we'n, de hett dree Döchter hatt,
un de sünd mit dree Ünnereerdschen verheiraat'
we'n. Nu will he se mal besöken, un do gifft sin Fruu
em wat dröge Brot mit up'e Weg. As he nu en Tied
gahn hett, do ward he möö' un hungerig. Do sett he
sik dal an de oosten Siet vun so'n lütte Barg un
kümmt bi un eten sin dröge Brot. Do kümmt sin
jüngste Dochter rut un fraagt em, warum he denn
nich rinkümmt na ehr. Ja, seggt he, harr he wusst,
se wahne dar, un harr he man en Ingang sehn, denn
so weer he sachs rinkamen.

Lütt bet' later kümmt de Ünnereerdsche na Huus.
Do vertellt sin Fruu em, ehr Vadder is to Besöök
kamen, un seggt, he schall doch man wat Fleesch
kopen to Supp. Och, seggt de Ünnereerdsche, dat
koenen se ja eenfacher hebben. Un he haut en grote
Nagel in'e Balk un rennt dar sodennig mit sin Kopp
gegen, dat he dar grote Stücken Fleesch vun afrieten
deit. Man denn is he foorts wedder heel un gesund,
un do eten se en schöne, fette Supp. Un denn gifft de
Ünnereerdsche de Ole en Sack vull Geld mit, un dar
geiht de wedder mit na Huus to.

He is all nich mehr wied vun sin Huus weg, do fallt
em in, sin Koh schall kalven, un do sett de de Geld-
sack dal un löppt na Huus, all wat he kann, un
fraagt sin Fruu, um de Koh al hett kalvt. Nee, seggt
se, dat hett 'n noch nich. Guut, seggt he, denn schall
se nu man mitkamen un helpen em un drägen en
Sack Geld na Huus. Do wunnert se sik ja bannig un
will dat gar nich glöven, man he blifft darbi, he hett
en Sack Geld.

De Fruu gifft dar jüst nich veel up, wat ehr Mann vertellen deit, man se geiht doch mit. Do kamen se hen an de Stä', man dat Geld is weg, do hett dat een stahlen. Do ward de Fruu dull un schimpt up de Mann. „Jo, jo", seggt de Mann, „Schiet an't Geld, ik weet, wat ik weet." Wat he denn weet, fraagt de Fruu. Hm, ja, dat weet he eben, seggt de Mann.

As en Tied in't Land gahn is, do kriggt de Mann Lust un besöken sin tweete Dochter. He kriggt ja wedder wat dröge Brot mit, un as he ünnerwegens möö' un hungerig ward, do sett he sik dal an de oosten Siet vun so'n lütte Barg un fangt an un eten. Un do kümmt sin tweete Dochter dar rut ut'e Barg un fraagt, warum he denn dar sitten deit, he schall doch man rinkamen. He geiht denn ja mit ehr mit.

Lütt beten later kümmt de Ünnereerdsche. Dat is al düster wurrn, un do seggt de Fruu to em, he schall doch man hengahn un kopen en Licht. O, seggt de Ünnereerdsche, Licht woe'n se wull bald kriegen, un do hollt he sin Fingern in't Füer. Do lüchten de Fingern, un darbi kümmt se gar nix an. Dütmal kriggt de Ole twee Säcke mit Geld un tüffelt dar na Huus mit. Un as he al meist dar is, do fallt em wedder de Koh in, de schall ja kalven. Do sett he dat Geld dal und löppt all wat he kann na Huus. Do seggt sin Fruu, he kümmt ja anrennt, as wenn dat heele Huus tosamenfallen schull, he schall man ganz ruhig we'n, seggt se, de Koh hett noch nich kalvt. Do seggt he wedder, se schall mitkamen un helpen em un slepen dat Geld. Se glöövt dar ja nich recht an, an dat Geld, man he blifft so lang' bi, toletzt geiht se mit. Man as se an de Stä' kamen, do is de Deev wedder dar we'n un hett dat Geld mitnahmen. Wat 'n Wunner, dat de

Fruu dull ward un mit em tokehr geiht. Man he seggt blots: „Och, wenn du weeten dä'st, wat ik weet."

Na 'n Stoot treckt he nochmal afste', nu will he sin öllste Dochter besöken. As he an so'n lütte Barg kümmt, do sett he sik dal an de oosten Siet un vertehrt sin dröge Brot. Do kümmt de Dochter rut un haalt em rin. Lütt bet' later kümmt de Ünnereerdsche. Nu warrn se wies, se fehlen Fisch, un do seggt de Fruu, de Ünnereerdsche schall gahn un kopen wecken. Man he seggt, dat geiht ja lichter. Se schall em man ehr Backtrogg geven un en Sleef. Un denn sett he sick mit sin Fruu in de Trogg un se seilen afste'. As se en Stück rutfahrt sünd, do fraagt de Ünnereerdsche, um sin Ogen al sünd gröön. Ne, seggt sin Fruu, noch nich. Do seilen se noch en Enne wieder. Do fraagt de Ünnereerdsche wedder, um sin Ogen noch nich sünd gröön. Doch, seggt sin Fruu, nu sünd se gröön, un do springt he in't Water un schüffelt mit sin Sleef Fisch in'e Trogg, bet dar keen mehr rinpassen doon. Denn seilen se wedder na Huus un vertehren all dree en leckere Mahltied Fisch, un achteran kriggt de Ole dree Säcke vull Geld mit.

He is al meist to Huus, do fallt em wedder de Koh in. Man dütmal stellt he sin Klotzen up dat Geld, he meent, denn klaut dat keener. Man dar hett en Uul seten, as he to Huus is för un fragen, um de Koh intwischen hett kalvt, do kümmt dar en Spitzboov un klaut de Säcke. De Klotzen lett he dar liggen. As de Fruu dar nu henkümmt un finnt blots de Klotzen un keen Geld, do ward se splitterndull un schimpt mit em. Man he blifft ganz ruhig un seggt blots: „Schiet an't Geld, ik weet, wat ik weet." Do fraagt de Fruu em, wat he denn wull weet, dat much se doch geern mal weeten, man he seggt, dat ward se al fröh nugg to sehn kriegen.

Mal, do hett de Fruu keen Fleesch to de Supp, do seggt se to ehr Mann, he schall to Stadt gahn un kopen wat Fleesch. Man he seggt, dat deit ja nich nödig, dat koenen se ja kommodiger hebben. Un do haut he en Nagel fast in de Balk, un denn rennt he dar mit de Kopp gegen, dat Bloot löppt em man so dal, un do mutt he lang' krank to Bett liggen. As he denn wedder so tämlich up'e Damm is, do fehlt sin Fruu mal dat Licht, un do seggt se, he schall hengahn un kopen en Licht. Nee, seggt he, dat deit ja nich nödig, un do stickt he sin Hand in't Füer, un do mutt he wedder lange Tied to Bett liggen.

As he wedder up'e Beens is, do fehlt sin Fruu Fisch. Man he will wedder nich to Stadt un kopen wecken, he seggt, se schall em de Backtrogg un en Sleef bringen. Un se setten sik dar beide rin un seilen rut. As se en Stück buten sünd, do fraagt he, um sin Ogen sünd gröön. Ne, seggt sin Fruu, wo se dat wull we'n schullen. Beten later fraagt he noch mal, man se blifft darbi un seggt nee. Do blifft he bi un dibbert, um se nich mal seggen kann, sin Ogen sünd gröön, un do seggt se toletzt, guut, sin Ogen sünd gröön. As he dat hört, do jumpt he mit de Sleef in't Water un will Fisch fangen. Un do is he sülven de Fisch to Büüt wurrn.

De twölf Maanden

Dar is mal en Mudder we'n, de hett twee Döchter hatt, de eene, dat is ehr eegne we'n un de anner ehr Steefdochter. Ehr eegne Dochter hett se bannig leev hatt, man de Steefdochter hett se nich utstahn kunnt, un dat blots, wiel dat Marie so veel smucker we'n is as Lena. Man Marie, de weet dar gar nix vun af, dat se so smuck is, un se weet gar nich, warum ehr Mudder ümmer so füünsch is, wenn se ehr ankieken deit. All de Arbeit mutt se ümmer doon: de Stuuv reinmaken, Eten kaken, waschen, neih'n, spinnen, weven, Gras meih'n un de Koh fodern. Lena hett sik ümmer blots smuck maakt un hett de Fuulwust spelt. Man Marie arbeit't geern, un all dat Schimpen un Schellen vun Mudder un Süster lett se sik gar nich ankamen. Man dat helpt ehr all nix, se warrn vun Dag to Dag leeger, un dat blots darum, wiel dat Marie mit de Tied ümmer smucker un Lena ümmer grimmiger ward. Do denkt de Mudder bi sik, warum se schall de dare smucke Steefdochter in't Huus lieden, wenn ehr eegne Dochter nich jüst so smuck is. Naher kamen de Jungkeerls an, denkt se, un söken en Bruut, un denn moegen se Marie geern lieden, un Lena woe'n se denn nich hebben. Un do woe'n Mudder un Dochter Marie loswarrn, un se laten ehr hungern, un se kriggt Slääg, man se lett sik nix ankamen un ward vun Dag to Dag smucker. Un se laten sik Saken infallen, 'nem se ehr mit piesacken koenen, up so wat kümmt en rechtschapen Minsch gar nich.

Een Dag – dat is merrn in de Iesmaand – do will Lena Violen hebben, un se seggt to Marie, se schall to Holts gahn un halen ehr en Buschen Violen, de will se sik ansteken un rüken dar an. Do seggt Marie, wodennig dat denn angahn schall, se hett noch nümmer nich hört, dat Violen wassen ünner de Snee. Man Lena schimpt, se schall doon, wat se ehr heeten deit un keen Wedderwöör hebben. Se schall foorts to Holts gahn, un bringt se keen Violen, denn so will se ehr doothau'n. Un de Steefmudder kriggt ehr faat, schüfft ehr ut de Döör un maakt de Döör achter ehr to. Dar steiht se nu un weent, un denn geiht se to Holts an. De Snee liggt hooch, un narms sünd Footsporen to sehn. Do geiht se lang' biester, se is hungerig, se bevert vör Küll, un se bed't to de leeve Gott, he schall ehr doch man ut'e Welt nehmen.

Do süht se wied weg en Licht. Se geiht dar up to, un toletzt kümmt se rup up en Barg. Un dar baven, dar brennt en grote Füer, un um dat Füer liggen twölf Steens, un up de Steens sitten twölf Mannslüüd. Dree vun se hebben en griese Baart, dree sünd wat jünger, dree sünd noch jünger, un de dree jüngsten sünd de smucksten. Se seggen nix, se sitten blots dar un kieken in dat Füer. Dat sünd de twölf Maanden. De Iesmaand sitt bavenan, he hett Haar un Baart witt as Snee. In de Hand hett he en Staff.

Marie verfehrt sik un steiht en Wiel verbaast, man denn nimmt se ehr Moot tosamen un geiht dichter ran un seggt, um se ehr nich Verlööf geven woe'n un wärmen sik an't Füer, se is heel un deel dörchfraren. De Iesmaand nickköppt, un denn fraagt he ehr, warum se kamen is, wat se dar söken deit. Ja, seggt se, se söcht Violen. Do seggt he, dat is nich de Tied un söken Violen, wenn dar liggt Snee. Ja, seggt se, dat weet se wull, man ehr Süster Lena un ehr Steefmudder, de hebben ehr heeten, se schull Violen bringen, anners woe'n se ehr doothau'n, un se schoe'n ehr doch man seggen, wonem se wecken finnen kann. Do steiht de Iesmaand up, geiht na de jüngste Maand, gifft em de Staff in de Hand un seggt, he, Broder März, schall sik bavenan setten. Do sett de Märzmaand sik bavenan un swenkt sin Staff mal oever dat Füer. Foorts slaan de Flammen vun dat Füer höger, de Snee fangt an un daut, de Böme kriegen Knuppen, ünner de Böken gröönt dat Gras, in't Gras kamen bunte Blomen up, un dat is Fröhjahr. Ünner de Büsche blöhen Violen, un in en Ogenblick sünd dar so veel, as harr een dar en blaue Dook utspreedt. Do seggt de März to Marie, se schall gau plöcken. Un Marie plöckt sik fix en grote Struuß, denn seggt se de Maanden velen Dank un geiht vergnöögt wedder na Huus.

Do wunnert Lena sik, un do wunnert de Steefmudder sik, as Marie ankümmt mit en grote Bunk Violen. Se maken de Döör up, un dat heele Huus rüükt na Violen. Lena fraagt vergrellt, wonem se de plöckt hett, un do seggt Marie, se hett se baven up en Barg plöckt, dar hebben en ganze Masse ünner de Büsche wussen. Lena nimmt de Violen, stickt se sik an, rüükt dar an, lett ehr Mudder dar an rüken; man nich eenmal seggt se to Marie, se schall dar uck mal an rüken.

Annern Dag sitt Lena an'e Aben un deit nix, do kriggt se Smacht up Eerdbeern, un do seggt se to Marie, se schall to Holts gahn un halen ehr Eerdbeern. Do seggt Marie, wodennig dat denn angahn schall, se hett noch nümmer nich hört, dat Eerdbeern wassen ünner de Snee. Do schimpt Lena ehr ut un seggt, se schall keen Wedderwöör bruken un

40

foorts losgahn to Holts, un bringt se keen Eerdbeern,
so will se ehr dootslaan. Un de Steefmudder kriggt
ehr faat, stött ehr ut de Döör un schottet achter ehr
fast to. Dar steiht se nu un weent, un denn geiht se
to Holts an. De Snee liggt hooch, un narms sünd
Footsporen to sehn. Se bevert vör Küll, man do süht
se wiet weg datsülve Füer, wat se hett de Dag vörher
sehn. Do freut se sik un maakt, dat se dar hen-
kümmt, un dar brennt wedder dat grote Füer un de
twölf Maanden sitten rundum. De Iesmaand sitt
bavenan. Marie fraagt, um se sik nich en beten an
dat Füer wärmen kann, se is heel verklaamt, seggt
se. Do nickköppt de Iesmaand un fraagt ehr, warum
se wedderkamen is, wat se söken deit. Se söcht
Eerdbeern, seggt Marie. Do seggt de Iesmaand, dat
is nich de Tied un söken Eerdbeern, wenn dar liggt
Snee. Ja, seggt Marie, dat weet se wull, man ehr
Süster Lena un ehr Steefmudder hebben ehr heeten,
se schall wecken bringen, un deit se dat nich, denn
so slaan se ehr doot. Se schoe'n ehr doch man seggen,
wonem se wecken finnen kann. Do steiht de Ies-
maand up un geiht na de Maand hen, de em gegen-
oever sitt, gifft em de Staff in de Hand un seggt, he,
Broder Juni, schall sik bavenan setten. Do sett de
smucke Junimaand sik bavenan un swenkt de Staff
oever dat Füer, un foorts slaan de Flammen hooch,
de Snee daut weg, de Eerde ward gröön, de Böme
sünd vull Bläder, de Vagelns singen, in't ganze Holt
blöhen Blomen, un dat is Sommer. Lütte witte
Steerns sünd dar, ut de Steerns warrn Eerdbeern, de
warrn fix riep, un ehrer Marie dat so recht wies
ward, is dat ganze Gras root vull mit Eerdbeern, as
harr een dar Bloot utgaten. Do seggt de Juni to Ma-
rie, se schall sik man gau wecken plöcken, un Marie

plöckt sik fix de ganze Schört vull. Denn bedankt se sik veelmals bi de twölf un löppt vergnöögt wedder na Huus to.

Do wunnert Lena sik, un do wunnert de Steefmudder sik, as Marie würklich ankümmt mit Eerdbeern, de ganze Schört vull. Se maken gau de Döör up, un do rüükt dat heele Huus na Eerdbeern. Lena fraagt vergrellt, wonem se de plöckt hett, un do seggt Marie, se hett se baven up en Barg plöckt, dar wassen se rieklich ünner de Böken. Lena nimmt de Eerdbeern, itt sik dar satt an, gifft uck ehr Mudder darvun; man nich eenmal seggen se to Marie, se schall dar uck mal vun probeern.

De Eerdbeern hebben Lena fein smeckt, un an'e drütte Dag hett se Smacht na rode Appeln, un se seggt to Marie, se schall in't Holt gahn un ehr rode Appeln bringen. Do fraagt Marie, wonem wull in'e Winter rode Appeln herkamen schoe'n, man Lena schimpt, se schall keen Wedderwöör hebben, se schall foorts to Holts gahn, un bringt se keen rode Appeln, denn so sleit se ehr doot. Un de Steefmudder kriggt ehr faat un stött ehr ut de Döör, un denn schottet se achter ehr fast to. Do weent de Deern un löppt to Holts. De Snee liggt hooch, un narms is en Footspoor to sehn. Man de Deern biestert nich rum, se geiht drievens na de Barg rup, 'nem dat grote Füer brennt, 'nem de twölf Maanden sitten. De sitten dar uck wedder, de Iesmaand bavenan. Do geiht Marie an dat Füer ran un seggt, se schoe'n ehr doch man Verlööf geven, dat se sik an't Füer wärmen dörf, se bevert vör Küll, seggt se. De Iesmaand nickköppt un fraagt, warum se wedderkamen is, wat se söken deit. Se seggt, se söcht rode Appeln. Dat is nich de

Tied, seggt de Iesmaand. Ja, dat weet se wull, seggt
Marie, man ehr Süster Lena un ehr Steefmudder
hebben ehr heeten, se schall rode Appeln bringen, un
deit se dat nich, denn slaan se ehr doot; se schoe'n
ehr doch man seggen, 'nem se wecken finnen kann.
Do steiht de Iesmaand up, geiht na een vun de öller-
haftige Maanden, gifft em de Staff in de Hand un
seggt, he, Broder September, schall sik bavenan set-
ten. Do sett de Septembermaand sik bavenan un
swenkt de Staff oever dat Füer. Dat Füer gloest rood
up un de Snee vergeiht, man de Böme sünd nich
gröön, een Blatt na't anner fallt af, un de Wind
verweiht se oever dat welke Gras, een darhen un een
darhen. Dar sünd uck nich so vel bunte Blöme, blots
Heidkruut un rode Nelken, un ünner de Böken wasst
hoge Farnkruut un dichte Immergröön. Man Marie
kickt sik blots um na rode Appeln, un richtig ward se
dar en Appelboom wies, un mang de Telgen rode
Appeln. Do seggt de September, se schall gau schüt-
teln. Marie schüttelt, do fallt dar en Appel dal. Se
schüttelt noch mal, do fallt dar noch een. Do seggt de
Maand, se schall gau na Huus lopen, un se nimmt de
beide Appeln, bedankt sik veelmals bi de Maanden
un löppt vergnöögt na Huus to.

Do wunnert Lena sik, un do wunnert de Steefmud-
der sik, as se sehn, Marie kümmt mit Appeln. Gau
maken se de Döör up. Marie gifft se de beide Appeln.
Wonem se de plöckt hett, fragen se. Baven up'e Barg,
seggt se, dar wassen se, un dar sünd dar nugg vun.
Do geiht Lena füünsch up ehr dal, warum se nich
hett mehr bröcht, will se weeten, de annern hett se
woll ünnerwegens upeten. Man Marie hett nich en
Happen eten, seggt se, se hett eenmal schüttelt,
seggt se, do is dar een Appel dalfullen, un denn hett

se nochmal schüttelt, un do is dar noch een dalfullen, un nochmal schütteln hett se nich durft, seggt se, do hebben se seggt, se schull na Huus gahn. Do kümmt Lena richtig in'e Brass un will Marie hau'n. Marie fangt an un weent un seggt, de leeve Gott schall ehr doch leever to sik nehmen un ehr nich vun ehr Süster un ehr Steefmudder doothau'n laten, un denn löppt se weg na Koek. Lena lett dat Schimpen na un geiht bi un eten en Appel. Un de smeckt ehr so guut, ehr dücht, so wat Feines hett se noch nie nich eten. Un ehr Mudder lett sik dat uck smecken. Se eten de Appeln up, un do kriegen se Lust up mehr. Do seggt Lena, ehr Mudder schall ehr ehr Pelz geven, se will sülven to Holts. Ehr Süster, dat Beest, seggt se, de itt se anners doch man ünnerwegens up. Se will de Stä' woll finnen, meent se, un denn will se se all dalschütteln, un dat is ehr eendoont, um ehr een dar Verlööv to gifft oder nich. Ehr Mudder seggt, dat schall se man nalaten, man Lena treckt ehr Pelz an, binnt sik en Dook um'e Kopp un löppt to Holts. Ehr Mudder steiht up'e Süll un kickt ehr achterna, wodennig ehr dat wull gahn mag.

Do is dar allens vull Snee, keen Footspoor is to sehn. Lena biestert lang' rum, man denn süht se wied weg en Licht. Do löppt se dar up to un kümmt richtig up'e Barg rup, 'nem dat Füer brennt un 'nem up twölf Steens de twölf Maanden sitten. Lena verfehrt sik, man denn faat't se sik, geiht an dat Füer ran un streckt de Hänne ut, dat se sik wärmen kann. Se fraagt de Maanden nich, um se sik wärmen dörf, keen Woort seggt se. Wat se dar söcht, fraagt de Iesmaand verdreetlich, warum se kamen is. Wat he to fragen hett, seggt se twerig; dat geit em ole Dussel en Dreck an, 'nem se hengahn deit. Un denn dreiht se sik vun't Füer af un geiht in't Holt rin. De Iesmaand treckt de Ogenbruen tohopen, un denn swenkt he sin Staff baven de Kopp. Foorts ward de Heven düüster, dat Füer brennt man noch sied, dat fangt an un sneet, as schüttelt dor een de Fedderbetten, un en ieskole Wind weiht dör dat Holt. Lena süht keen Hand mehr vör Ogen, se biestert dar rum, fallt in en Sneedriev, un se ward ümmer flauer, ümmer stiever. Ümmerto fallt de Snee un weiht de ieskole Wind. Lena flöökt ehr Süster, flöökt de leeve Gott. Un se verfreert in ehr warme Pelz.

De Mudder luert up ehr, se kickt ut't Finster, se kickt ut'e Döör, man se kann ehr Dochter nich wies warrn. Stünn up Stünn vergeiht. Lena kümmt nich. Do denkt se, vellicht smecken ehr de Appeln so guut, dat se sik dar nich vun losrieten kann, se will man mal na ehr kieken. Se treckt ehr Pelz an, binnt sik en Dook um'e Kopp un geiht los un söken Lena. Allens is vull Snee, keen Footspoor is to sehn. Se röppt na Lena – nüms mellt sik. Lang' biestert se rum, dat is dichte Sneefük un ieskole Wind. Marie kaakt dat Eten, passt de Koh, man dar kümmt keen Lena, keen Steefmudder. Marie kann sik gar nich denken, wonem se so lang' afblieven doon, un do sett se sik an't Spinnrad. Se hett de Spool al vull un dat ward schummern in de Stuuv, man dar kümmt keen Lena un keen Steefmudder. Do klaagt se, wat de beiden wull tostött we'n mag, un kickt ut't Finster. An'e Heven blinkern de Steerns, an'e Grund blinkert de Snee, man dar is nümms to sehn. Trurig maakt se dat Finster wedder to, bed't en Vadderunser för ehr Süster un ehr Mudder un geiht to Bett. De anner Dag luert se mit dat Fröhstück, se luert mit dat

Middageten, man se kann nich Lena un nich ehr Steefmudder ranluern. Se sünd beid in't Holt dootfraren.

För Marie blifft dat lütte Huus, de Koh un en lütte Stück Land. Un dar finnt sik uck noch en Mann to, un do leven se beid in Freden glücklich tohopen.

De Bucksdeern

Dar is mal en König we'n un en Königin, de hebben gar keen Kinner hatt, un dar is de Königin ümmer so trurig um we'n. Se hett ümmer jammert, dat is so trist un so still up'e Königshoff. Wenn se man Kinner harrn, hett se ümmer meent, denn so wurr dat uck lebennig. Allerwegens, 'nem se henkamen is up ehr Reisen, sünd dar en Barg Kinner we'n, uck bi de armste Katenlüüd. Wonem se uck henkamen is, ümmer hett se hört, wo de Fruu hett ehr Bengels utschimpt, se hebben al wedder dumme Tüüg maakt. Man se hett sik dar so to freut, un se hett grote Lust hatt un doon sowat uck. Toletzt hebben de König un de Königin en frömde lütte Deern annahmen, de hebben se up se's Königshoff uptrocken un holen as se's eegne Kind.

Mal hoppt de lütte Mamsell, de se annahmen hebben, up'e Slottshoff rum un spelt mit en gollne Appel, do kümmt dar en arme Fruu vörbi. De hett uck en lütte Deern bi sik, un nich lang', do warrn de beide Deerns ganz vergnöögt tosamen un rullen de gollne Appel ümmer mang sik hen un her. Dat süht de Königin, un do kloppt se an't Finster, ehr Deern schall rupkamen. Dat deit se uck, man de arme Deern geiht mit, un do kamen se na de Saal rin un hebben sik faat bi de Hand. Do schellt de Königin ehr ut un seggt, dat hört sik nich för ehr un dalvern un spelen mit so'n schietige Bedeldeern, un se will de Deern rutsmieten. Do seggt de lütte Deern, wenn de Königin wüss, wat ehr Mudder doon kann, denn so smeet se ehr wiss nich rut. De Königin fraagt ehr, wat dat denn wull is, un do seggt se, ehr Mudder kann maken, dat de Königin en Kind kriggt. De Königin will dat nich gloven, man de Deern blifft darbi, se lüggt nich, un de Königin schall man versöken un kriegen ehr Mudder so wied. Do seggt de Königin to de Deern, se schall ehr Mudder mal rup ropen. Un denn vertellt se de Fruu, de ehr Dochter hett seggt, se kann maken, dat se en Kind kriggt, wenn se man will.

Do meent de Fruu, dat hört sik doch nich för en Königin un hören dar na, wat en Bedeldeern seggt, un denn löppt se wedder rut. Do ward de Königin dull un will de Deern wedder rutsmieten, man de blifft darbi, dat is all wahr, wat se hett seggt, de Königin schall dat man versöken. Do ward dat Bedelwief wedder rup rapen, un denn schenken se ehr Wien in un allerhand to drinken, wat se man will, un dat duert nich lang', do snackt se up los as en Heister. Do fraagt de Königin ehr wedder, so as vörher.

Ja, seggt se do, een Middel weet se wull. Wenn de Königin slapen geiht, denn schall se twee Ammern mit Water in'e Kamer drägen laten. Dar schall se sik mit waschen, seggt se, un denn schall se dat Water ünner dat Bett göten. Un de anner Morrn schall se denn ünner't Bett kieken, denn ward se dar twee Blöme wies, seggt se, een smucke een un een grimmige. De smucke schall se denn upeten, seggt se, man de grimmige schall se stahn laten, un dat schall se jo un jo nich vergeten.

De Königin maakt dat ja so, as dat Bedelwief seggt hett. Se lett sik twe Ammern mit Water bringen, wascht sik dar in, gütt dat ünner't Bett, un as se de anner Morgen nakieken deit, do stahn dar twee Blöme, de eene grimmig mit swatte Bläder, de anner

48

so smuck, so wat hett se noch nie nich sehn, un de itt se foorts up. Un de dare smucke Bloom, de smeckt so fein, un do kann se nich anners, se itt de anner uck up. Dat kann sachs nich schaden, meent se.

Na en Tied kümmt de Königin denn in de Wuchen. Eerst bringt se en Deern to Welt, de ritt up en Zegenbuck un hett en Sleef in de Hand. Se is morsgrimmig, un as se to Welt kümmt, röppt se foorts: „Mama!" – „Gott stah mi bi", seggt de Königin, „wenn ik din Mama bün!"

Man de Lütte seggt, se schall man ganz geruhig we'n, dar kümmt noch een, de is vel smucker. Un richtig, dat duert nich lang', do kriggt de Königin noch en lütte Deern, de is so smuck un so fründlich, sowat hett 'n noch nich sehn, un dar freut de Königin sik to, dat lett sik ja denken. De öllste nöömt se de Bucksdeern un Strubbelkopp, denn se is slodderig un struppig, un up'e Kopp hett se so'n ruge Kapp, 'nem ehr Haar man so um rum fleegen. De Königin mag ehr nich geern ankieken, un de Deensten woe'n ehr ümmer insparrn in en anner Kamer, man dat nützt nix, 'nem de jüngste Deern is, dar is se uck, un de Kinner woe'n nich ut'nanner we'n.

As de Deerns ranwussen sünd, do gifft dat mal up'e Wiehnachtsavend en gefährliche Larm un Pultern up'e Del. Do fraagt de Bucksdeern, wat dar denn los is, man de Königin meent, dat lohnt sik nich un fragen darna. Man se gifft nich na, se will weten, wat dar los is, un do vertellt de Königin, de Hexen sünd bi un woe'n se's Wiehnachten fiern.

De Bucksdeern seggt, se will rut un jagen se weg. Do seggen se all, se schall dat nalaten, man dat helpt nix, se will un mutt rut un jagen se weg, man se seggt to de Königin, se schoe'n jo all de Dören fast toholen. Denn se rut mit ehr Sleef un dat up de Hexen dal, dat rummelt un ballert man so, so wat hett een noch nich hört. Een kunn gloven, all de Balkens wurrn rutreten ut dat Huus. Man dat mag we'n, as dat is, een Dör ward doch en lütte beten upmaakt: Ehr Süster will mal rutkieken un sehn na de Bucksdeern, un do kümmt dar en Hex an, ritt ehr de Kopp af un sett ehr dar en Kalvskopp för up. Foorts löppt de Königsdochter in de Stuuv rum un ward bölken as en Kalv.

Do kümmt de Bucksdeern wedder rin un süht ehr Süster, un do ward se dull, dat se nich beter uppasst hebben un hebben ehr Süster wahrt. Um se meenen, dat geiht ehr beter, nu se to en Kalv verwünscht is, fraagt se. Nu mutt se versöken, um se ehr redden kann, seggt se.

Do lett se sik vun de König en Schipp geven, man Stüermann un Seelüüd will se nich hebben, se will alleen losseilen mit ehr Süster. Un toletzt kriggt se uck dar ehr Willen in.

De Bucksdeern seilt denn ja los, un dat foorts hen na dat Land, 'nem de Hexen wahnen doon. Se leggt dar an an de Schippbrügg un seggt to ehr Süster, se schall up dat Schipp blieven un holen sik musenstill. Sülven ritt se up ehr Buck rup na dat Hexenslott.

Se kümmt dar an, do steiht dar en Finster apen, un do süht se ehr Süster ehr Kopp dar stahn. Do ritt se stracks rin up de Del, snappt sik de Kopp, un denn af darmit. De Hexen do ja achter ehr un woe'n de Kopp wedder hebben. Se sünd ganz dicht achter ehr, un

50

dat sünd so vel, dat wimmelt man so, as de Pissmieren in'e Hupen. Man de Buck stött un bufft se mit sin Höörn, un se haut un sleit mit ehr Sleef, do moeten se aflaten vun ehr. Do kümmt de Bucksdeern denn na't Schipp t'rügg un sett ehr Süster statts de Kalvskopp ehr eegne Kopp wedder up, un do ward se wedder to en Minsch as vörher, un denn seilen se wied, wied weg na en anner Königriek.

De König vun dat dare Land is en Wittmann we'n, un he hett man blots een Soehn hatt. As he nu dat Schipp süht, do schickt he sin Deeners dal an'e Strand, se schoe'n faststellen, wonem dat Schipp herkümmt un wokeen dat tohören deit. Man as de König sin Lüüd dar dal kamen, do koenen se nümms wies warrn, blots de Bucksdeern, de ritt dar an Deck rum, ehr Tußelhaar fleegen ehr man so um'e Kopp. Dat dücht se ja snaaksch, un do fragen se ehr, um dar nich sünd anner Lüüd an Boord. Oh ja, seggt se, ehr Süster is noch mit. Do woe'n se ehr mal sehn, man nee, seggt se, de kriggt blots de König to sehn – wenn he dar henkamen will. Un se galoppeert up ehr Buck rum, dat ballert man so up't Deck.

De Deeners denn ja t'rügg na dat Slott un vertellen, wat se sehn un hört hebben, un do will de König foorts dal un sehn de Bucksdeern. Un as he kümmt, wiest de Bucksdeern em ehr Süster, un de is so smuck un so fründlich, de König mag ehr foorts lieden. He nimmt se beid mit up't Slott un will de Süster heiraden. Man nee, seggt de Bucksdeern, dar ward nix vun, blots wenn de Königssoehn will ehr sülven to Fruu nehmen.

Dar hett de Koenigssoehn nu gar keen Lust to un frien so'n Stramunkel as de Bucksdeern, dat kann 'n sik ja denken. Man de König un all de annern dar up't Slott, de snacken so dull up em in un snacken em so vel vör, toletzt seggt he ja, he will dat doon. Man dat is en suer Stück, un freuen deit he sik gar nich.

Nu ward dar denn tostellt to de Hochtied, dar ward bruut un backt, un toletzt is allens ferdig, un do geiht dat los to Kirch. För de Königssoehn is dat de leegste Kirchfahrt, de he in sin Leven maakt hett. Vörut fahrt de König mit sin Bruut, un de is so smuck un schier, all de Lüüd blieven stahn up de Straat un dreihn sik um na ehr, bet se nich mehr to sehn is. Dar achter kümmt de Königssoehn to Perd un blangen em de Bucksdeern up ehr Zegenbuck, as ümmer mit en Sleef in de Hand. Man de Königssoehn maakt en Gesicht, een kunn meenen, dat weer en Liekentog un nich sin Hochtiedstog. Seggen deit he natürlich nix.

Do fraagt em na en Tied de Bucksdeern, warum he nich snacken deit, man he meent, wo he denn wull vun snacken schall. Na, seggt se, he kann ehr ja mal fragen warum se ritt up de dare gresige Buck. Warum se up de dare gresige Buck rieden deit, fraagt de Königssoehn ehr do. Un se antert, um dat is en gresige Buck. Dat is ja dat smuckste Perd, seggt se, 'nem een up rieden kann, un foorts ward dar ut de Buck en Perd so smuck, sowat hett de Königssoehn noch nich sehn.

Nu rieden se wedder en Stoot, man de Königssoehn is ümmer noch bedröövt un kriggt man knapp en Woort rut. Do fraagt de Bucksdeern em wedder, warum he nix seggen deit. He seggt wedder, he weet nich, 'nem he vun snacken schall, un do seggt se, he kann ehr man mal fragen, warum se hett de dare gresige Sleef in de Hand. Do fraagt he ehr, un do seggt se, um dat en gresige Sleef is, dat is ja de smuckste sülverne Weiher[1], as 'n en Bruut man mithebben kann to ehr Hochtied. Un foorts ward dar ut de Sleef en blanke, sülverne Weiher.

Nu rieden se noch en Stück, de Königssoehn ümmer noch ganz bedrippst, un seggen deit he nix. Do fraagt se em wedder, warum he nich snacken deit, un seggt, he kann ehr ja mal fragen, warum se hett so'n gresige ruge Kapp up'e Kopp. Do deit he dat, un se seggt, dat is ja de smuckste gollne Bruutkroon, de 'n sik denken kann, un foorts is dat uck so.

Noch en Stoot rieden se wieder, un he mag ümmer noch nich snacken, so bedröövt is he. Man se fraagt em wedder, warum he nich snacken deit, he kann ehr ja man mal fragen, warum se is so morsgrimmig in't Gesicht. Do fraagt he ehr, warum se is so morsgrimmig in't Gesicht, un do antert se, um se is grimmig, un se seggt, ehr Süster lett wull smuck, man *se* is doch noch teinmal smucker. Un do kickt he ehr an, un do is se miteens so smuck, em dücht so'n smucke Deern kann dat nich nochmal geven up de Welt.

Nu lett de Königssoehn de Fliep nich mehr hängen, dat lett sik wull denken, nu is he vergnöögt as man een. Up se's Hochtied hebben se düchtig tosamen fiert, un denn sünd de König un sin Soehn mit se's Bruuten na de Königsdöchter ehr Vadder reist, un dar hebben se noch mal Hochtied fiert, dar is rein

---

[1] Fächer

dat Enne vun weg. Seh man to, du kümmst hen na dat Slott, vellicht is dar noch en Drüpp vun dat Hochtiedsbeer oever för di.

Dat gollne Meerwiefken

Dar is mal en König we'n, de hett in sin Gaarn en Wunnerboom hatt, de hett elkeen Jahr gollne Appeln dragen. Man he hett sik dar nie recht an freuen kunnt. He hett doon kunnt, wat he will, hett uppassen oder Lüüd darbi stellen kunnt: Sodraa de Appeln anfungen hebben un warrn riep, denn sünd se em stahlen wurrn. Toletzt hett em dat langt, un do lett he sin dree Soehns na sik henkamen un seggt to de beide öllsten, se schoe'n sik reisferdig maken, seggt he, un schoe'n sik vun sin Schatzmeister Gold un Sülver geven laten, un denn schoe'n se in de Welt reisen un rumfragen bi all de kloke Lüüd, wokeen dat is, de em ümmer sin Appeln klaut. Un he meent, vellicht koenen se mit se's Lüüd de Deev ja uck faatkriegen un na em henbringen. De König sin Soehns, de freuen sik to de Updrag, se hebben al lang geern in de Welt reisen wullt. Se maken sik gau reisferdig, seggen se's Vadder adjüs un denn trecken se los.

Nu is de König sin jüngste Soehn bannig trurig, he harr geern mit sin Bröder gahn, man dat will sin Vadder nich hebben, he is al vun lütt up an ümmer en beten doesig we'n, un een mutt bang we'n, he kunn to Schaden kamen. Man de Königssoehn blifft bi un quengelt, un toletzt kriggt he uck Gold un Sülver vun sin Vadder un Verlööf, he kann uck lostrecken. Man as Riedperd kriggt he de ringste Krack mit, de 'n in de König sin Perdestall man finnen kann – man en anner een hett de doesige Königssoehn uck nich hebben wullt. Un denn seggt he sin Vadder adjüs un treckt ut dat Door rut, un all Lüüd in de König sin Slott un in de Stadt lachen oever em un maken Narr na em.

Nich lang', do kümmt he an en Holt, dar mutt he dörch, un do bemött he en Wulf, de blifft vör em stahn. De Königssoehn fragt em, um he Hunger hett. Ja, seggt de Wulf. Do stiggt de Königssoehn vun sin Perd dal un seggt to de Wulf, wenn he hungerig is, denn schall he man sin Perd upfreten. Dat lett de Wulf sik nich tweemal seggen, he ritt dat Perd dal un fritt dat up mit Rump un Stump. De Königssoehn süht, dat deit de Wulf guut, un do seggt he, he hett ja nu sin Perd upfreten, un he, de Königssoehn, hett noch en lange Weg vör sik, un dat kann he to Foot nich schaffen, un wenn he sik noch so aftiert, un em dücht, dat is nich mehr as recht, dat de Wulf em nu as Perd deent un em up sin Rügg nimmt. Guut, seggt de Wulf, dat will he wull doon, de Königssoehn stiggt up, un los geiht dat in Hunnendraff. Ünnerwegens fraagt de Wulf, wonem de Königssoehn denn eegentlich up dal will, un do vertellt de em de ganze Geschicht vun de klaute Appeln in sin Vadder sin Gaarn, un dat sin Bröder al mit en grote Flock Bedeenters lostrocken sünd un söken de Deef. De Wulf, dat is avers keen richtige Wulf we'n, dat is en grote Hexenmeister, un de seggt, in de Saak kann he em sachs Bescheed geven. Do fraagt de Königssoehn gau na, un do seggt de Wulf, de König in dat Riek blangenbi, de hett in sin gröttste un prächtigste Saal, dar hett he en Vagelbuur in, dat is apen, un dar sitt en wunnerbar smucke un tamme Vagel in, un dat is de Deef. De flüggt so gau, dat is meist nich möglich un kriegen 'n faat bi't Klauen. Un denn raad't de Wulf em, he schall bi Nacht in de dare König sin Slott sliekern un schall dat Vagelbuur mit de Vagel in stehlen. Man he schall jo un jo uppassen, dat he nich an'e Wand kümmt, wenn he mit de Vagel weglöppt.

In de neegste Nacht deit de Königssoehn, wat de Wulf em raden hett. Man do liggen dar en paar Wächters to slapen, de will he ut'e Weg gahn, un wat he sik uck vörsehen deit, do kümmt he mit de Rügg an'e Wand, un do warrn de Wächters waak un kriegen em faat, vertageln em un leggen em in Keden. Un denn bringen se em na de König, un de seggt, he schall uphängt warrn, un bet dat so wied is, lett he em in en düüstere Kaschott smieten.

De Wulf, de hett ja hexen kunnt un hett natürlich foorts wusst, wat dar los is mit de Königssoehn, un do maakt he sik to en grote Herr, un sin Steert maakt he to sin Lüüd, un denn fahrt he an de König sin Hoff. Bi't Eten, do markt de König, sin Gast is en feine un kloke Mann, un he gefallt em. Se snacken nu vun düt un dat, un toletzt fraagt de Frömde de König, um he hett en Masse Slaven. Jo, seggt de, meist to veel. He hett eerst letzte Nacht wedder een fungen, de is so driest we'n un hett sin Wunnervagel stehlen wullt. Man he mutt so al nugg Slaven döchfuddern, darum will he de dare Hallunk morrn uphängen laten.

Na, seggt de frömde Herr, dat mutt ja en bannige Deef we'n, wenn he so utverschaamt is un will de Wunnervagel ut de König sin Slott stehlen, de Vagel ward doch sachs guut wahrt. De dare drieste Gaudeef will he doch to un to geern mal sehn. Dat kann he ja geern, un de König geiht sülven mit em dal in dat Kaschott, un dar sitt de Königssoehn un is heel un deel trecht mit de Welt, so leeg as em dat dar geiht. As denn de König mit sin Gast wedder ut dat Kaschott rutkümmt, do seggt de, he hett sik bannig versehn, he harr dacht un finnen en rechte Keerl vun Deef, man dat is ja en ganz armseelige Stackel. So een weer em to ring un hängen em up. Wenn he, de Gast wat to seggen harr, denn so musse he jichens wat doon, wat ganz swaar is, wo he sin Leven bi up't Spill sett. Wenn he dat denn guut maakt, is't ja guut, un wenn he dar doot bi geiht, maakt dat ja uck nix. Ja, seggt de König, dar hett he recht in, un he hett uck wat to doon för em. Sin Naver, seggt he, dat is uck en mächtige König, un de hett en gollne Perd, dat ward ümmer scharp wahrt, dat schall he stehlen un em henbringen.

Do ward de Königssoehn denn ut dat Kaschott rutlaten un kriggt Bescheed, he schall dat gollne Perd stehlen, un dar steiht al wedder sin Leven up't Spill bi, sodennig hett de arme Stackel nich veel wunnen. He geiht denn ja los un kriggt rein dat Blarrn, un dat deit em bannig leed, dat he ut dat Huus un dat Riek vun sin Vadder weggahn is. Do steiht mit'nmal sin Fründ, de Wulf, blangen em un fraagt em, warum he so bedröövt is, um em dat mit de Vagel nich glückt is, un he seggt, he schall sik dat man nich to neeg nehmen, is em dat mit de Vagel verglippt, denn so klappt dat sachs mit dat Perd, seggt he, he is ja nu wull wat vörsichtiger wurrn. Sodennig tröstet de Wulf de Königssoehn un maakt em Moot un verklaart em wedder, he schall jo un jo uppassen, dat nich he un nich dat Perd an de Wand kamen, wenn he't rutledden deit, anners geiht em dat nich beter as mit de Vagel.

Na en lange Weg kamen se endlich in dat Land, 'nem de mit dat gollne Perd König is. Een Avend kamen se laat na de Stadt, 'nem de König wahnt, un do seggt de Wulf, he schall man foorts bi gahn, ehrer dat de

Wächters se wies warrn. Un denn sliekern se stracks in de König sin Stallen, un dat foorts dar hen, 'nem de meiste Wächters sünd, dar is de Wulf dat gollne Perd vermoden. He drückt sik sachen dör en Döör rin, de Königssoehn schall so lang' töven, seggt he, un nich lang', do kümmt he wedder rut. Dat Perd ward bannig scharp wahrt, seggt he to de Königssoehn, man he hett all de Wächters behext, un wenn he nu man uppasst, dat nich he un nich dat Perd an de Wand kümmt, denn is dar keen Gefahr un he winnt dat Spill. De Königssoehn hett sik vörnahmen, he will bannig vörsichtig we'n, un geiht dar driest up dal. Do finnt he, de Wächter, de dat Perd an'e Steert holen schall, de slöppt in'e Saddel, un de 't an'e Toegel hett, uck. Un do faat't he dat Perd an'e Toegel un treckt dat bet na de Döör, man do kümmt dar so'n Stekfleeg, de geven ja uck bi Nacht keen Ruh, un do will dat Perd 'n wegjagen, un do sleit et mit 'e Steert an'e Döörrahmen. Do warrn de Wächters foorts waak, kriegen em faat un vertageln em mit Pietschen un Forken, un denn leggen se em in Keden, un de anner Morrn bringen se em na de König. De maakt mit em nich mehr Weswark as de mit de gollne Vagel. He lett em insparrn in en deepe Kaschott, un de anner Morrn woe'n se em denn dar ruthalen un em de Kopp afhau'n.

De Hexenmeister Wulf süht ja nu, dat hett wedder nich slumpt, un do maakt he sik wedder to en grote Herr mit sin Anhang, un do fahrt he mit en noch grootmächtigere Tog an de König sin Hoff. Bi't Eten bringt he wedder de Snack up Slaven un seggt wedder, de dare drieste Deef will he doch geern mal sehn. De König hett dar nix gegen, un dat löppt all wedder jüst so as bi de mit de gollne Vagel: De Königssoehn ward frie laten mit de Bedingen, he schall binnen dree Daag dat gollne Meerwiefken fangen. Dar is noch nie nich en Minsch na henkamen.

De Königssoehn kümmt denn rut ut sin Kaschott un is ja wedder ganz ferdig mit de Welt, so'n gefährliche Updrag as he kregen hett. Man nich lang', do bemött he wedder Fründ Wulf. De deit nu, as wüss he vun nix wat af, un fraagt em, wodennig em dat dütmal gahn hett. Do vertellt de Königssoehn em dat, un uck de Bedingen, 'nem de König em ünner frielaten hett. Do seggt de Wulf to em, he hett em nu al tweemal ut dat Kaschott ruthaalt, un he schall man Vertruen to em hebben un nipp na sin Raat doon, denn schall dat wull glatt gahn. Un denn gahn se na de See to, de is dar nich wiet vun af we'n. Do seggt de Wulf, he will sik to en Boot maken un sin Ingedööm to dat smuckste Siedentüüg. Un denn schall de Königssoehn sik dar driest rinsetten un mit de Wulf sin Steert in de Hand up'e See rutstüern. Denn süht he bald dat gollne Meerwiefken, seggt de Wulf, man he schall sik jo un jo nich verföhren laten un fahren hen na ehr, wenn se em röppt. He schall seggen, de Köper kümmt na de Koopmann, nich de Koopmann na de Köper, un denn schall he na Land to stüern. Denn kümmt se achter em ran, seggt he, denn se kann ehr Ogen nich mehr vun dat smucke Tüüg wennen, wat he in'e Boot hett.

De Prinz seggt, dat will he allens doon, un do maakt de Wulf sik to en Boot, un dar liggen de smuckste siedene Bänner un dat smuckste siedene Tüüg in mit Klören, so wat hett 'n noch nich sehn. De Königssoehn is ganz verbaast, man he sett sik darbi un stüert mit de Wulf sin Steert in'e Hand rut up'e See, jüst dar hen, 'nem de Sünn ehr Gold up dat Water gaten hett. Nich lang', do süht he dat gollne Meerwiefken dar updükern un up sik to swümmen, un se winkt un se röppt. Man he röppt mit lude Stimm, de wat kopen will, de mutt na em kamen. Un denn dreiht he bi mit sin Fahrtüüg un stüert wedder na Land to.

Dat Meerwiefken röppt un röppt, he schall doch man anholen, man he kehrt sik dar nich an un fahrt wieder, bet he an'e Strand kümmt. Dar leggt he an un töövt up dat Meerwiefken, dat is em naswummen. Harr he ehr ehrer to sehn kregen, he harr wiss nich wedderstahn kunnt un weer achter ehr ranfahrt, un wenn't in de deepe See ringahn weer. Un al gar nich harr he so kooltblödig an'e Strand up ehr töövt, so smuck is se we'n, so smuck kann en Minsch gar nich we'n. Nich lang', do langt se an bi de Boot un dat foorts dar rin un mang all dat Siedentüüg rumwöhlt un utsöcht. Do springt de Königssoehn hen na ehr un nimmt ehr in de Arms un drückt ehr ümmer noch een up un ümmer noch een, un he seggt, nu is se sin. Un de Boot ward wedder to en Wulf, un dar verjaagt dat Meerwiefken sik oever un hollt vör luter Angst de Königssoehn ganz fast.

Do hett he dat gollne Meerwiefken richtig fungen hatt, un nich lang', do gifft se sik tofreden, se süht, de Wulf un de Königssoehn doon ehr nix. Se sitt up de Wulf sin Rügg un de Königssoehn achter ehr, un so kamen se na de König mit dat gollne Perd. Dar stiggt de Königssoehn af un helpt uck dat Meerwiefken dal un bringt ehr na de König. Vör de smucke Deern un de groote Wulf – de is dütmal mit de Königssoehn mitgahn – gahn de Wächters foorts bisiet,

un nich lang', do stahn se all dree vör de verbaaste
König. As de nu to hören kriggt, wodennig dat
togahn is mit dat Infangen vun dat gollne Meer-
wiefken, do süht he, dar is en högere Macht un steiht
de junge Mann bi, un he denkt dar gar nich mehr an,
dat he dat Meerwiefken vör sik hebben will. Nee, he
seggt to de Königssoehn, he schall em doch man
vergeven, dat he em hett in't Kaschott smieten laten,
as he hett halen wullt, wat doch keen anner to-
kümmt as em alleen. Un he schall doch man dat
gollne Perd as Geschenk vun em annehmen, seggt
he, un as Bewies, dat he de Königssoehn sin Macht
achten deit, denn de is ja grötter, as een begriepen
kann, hett he doch de See dat dare smucke Fruuns-
minsch afrungen, 'nem vördem keen Minsch na hett
henkamen kunnt. Denn gahn se to Disch, un dar
mutt de Königssoehn sin wunnerbare Geschicht
nochmal vertellen, un se sünd all verbaast. Mennig
een harr dat wiss nich gloovt, harr nich de Wulf mit
an'e Disch seten un harr se mit sin füünsche Kieken
all vun de Wahrheit oevertüügt.

De Königssoehn lengt na sin Tohuus un will na't
Eten foorts wieder reisen. He haalt sik Verlööv bi de
König un de lett em dat gollne Perd bringen. He sett
sin Meerwiefken dar rup, sett sik achter ehr rup un
heidi! geiht dat los na dat Riek vun de König mit de
gollne Vagel. De Wulf löppt ümmer blangen em an,
un dat ümmer blots in sin gewöhnliche Hunnendraff.
De Naricht vun de Königssoehn sin Bedriften is em
al vörutgahn, un so steiht de König vun de gollne
Vagel al un luert up sin mächtige Gäste. As se up'e
Slottshoff kamen, do sünd se ganz verbaast, dat is all
so smuck maakt to en Fest. De Königssoehn un de

gollne Deern un de Wulf gahn de Trepp rup, do kümmt de König se al in de Mööt un bringt se na de Saal rin. Foorts kümmt en Lakai mit dat gollne Vagelbuur mit de gollne Vagel in. Dat gifft de König em as Geschenk, un he seggt, he schall em man nich böös we'n, dat he em so hart anfaat't hett. Dat weer nich passeert, seggt he, wenn he em kennt harr. De gollne Vagel hört to dat gollne Perd, seggt he, un de beiden wedder blots darhen, 'nem so'n smucke Königin as ut en anner Welt to Huus is. Un denn maakt he en Diener vör dat gollne Meerwiefken, gifft ehr de Hand un geiht mit ehr to Disch. De Prinz geiht achterran mit sin Fründ Wulf, de seggt, he schall sik man nich lang' upholen und sett sik blangen em an'e Disch, un he schert sik dar den Deubel um, dat em nümms inladen hett. Man dar is natürlich keeneen, de sik truut un seggen de mächtige Fründ vun de Königssoehn wat, al gar nich, wo he sik richtig fein benehmen deit.

Na't Eten seggen de Königssoehn un sin Meerwiefken de König adjüs, setten sik up se's Goldperd un reisen wieder na Huus to. Ünnerwegens seggt de Wulf to de Königssoehn, nu lett he doch ganz anners up dat dare Goldperd mit de gollne Wunnervagel un so'n smucke Fruu as do, as he up sin Krack vun to Huus afreist is. Sin eegne Weg, seggt he, geiht nu weg vun de Königssoehn un he mutt em adjüs seggen, man he deit dat geern, wo dat de Königssoehn nu so guut geiht. Do ward de Königssoehn trurig un will em nich weglaten, man de Wulf blifft darbi un glitt sik af in en Kratt rin. Un he röppt em noch to, wenn em dat mal leeg gahn schull, denn will he em gedenken. Un darmit is he weg, un de Königssoehn kann meist de Tranen nich t'rüggholen. Man denn kickt he sin Meerwiefken an, un do ward he bald wedder fein toweg' und ritt wieder dör en Holt.

To Huus bi sin Vadder hebben se uck al hört vun de wunnerbare Bedriften vun de Königssoehn, de se fröher so minnachtig ankeken hebben. Sin beide Bröder hebben ja nu vergevs na de Deef jaagt, de de gollne Appeln klaut harr, un nu sünd se dull, dat de Jüngste sin Glück maakt hett, un do maken se sik af, se woe'n em achtertücksch um'e Eck bringen. In dat Holt, 'nem de Königssoehn jüst dörchrieden deit, dar leggen se sik up'e Luer, un nich lang', do fallen se oever em her, hau'n em doot un nehmen Perd un Vagel mit sik. Man de Deern kriegen se nich vun'e Plack, sörre de Tied, dat se de See verlaten hett, do gifft dat nix Högeres för ehr as leven oder starven mit ehr Königssoehn.

Dat Liev vun de dode Königssoehn is al vergahn we'n un blots sin utbleekte Knaken hebben noch blangen dat arme Meerwiefken legen, un se hett nix doon kunnt as solte Tranen weenen um ehr Leevste, un se is al ganz uplööst we'n. Do kümmt de ole Fründ Wulf bi ehr an un fraagt ehr, um se wull kann ehr Leevste sin Knaken so henleggen, as se in't Leven we'n sünd. Ja, meent se, dat kann se, un se deit dat. Guut, seggt de Wulf, nu schall se Bläder un Blöme nehmen un dar oever decken. Dat deit se uck, un denn puust' de Wulf dar oever, un do liggt de Königssoehn vör dat Meerwiefken un slöppt, un se is ganz ut de Tüüt vör Freud. So, seggt de Wulf, nu schall se em man wecken, wenn se will. Un do drückt se ehr Mund up de Narben an sin Vörkopp vun de Wunnen, de sin Bröder em slaan hebben, un do ward he waak. Un do freuen se sik beide so dull, se denken gar nich an dat

Perd un de Vagel. Man dat Meerwiefken, as de Kummer vun ehr gahn is, do ward se wedder so smuck as vördem. Na en Tied seggt de Wulf – em is de Königssoehn uck um'e Hals fullen – do seggt de, nu schoe'n se man sehn un kamen na Huus, un do setten se sik, as vördem, up em un los geiht dat.

De Vadder freut sik bannig, as sin jüngste Soehn wedder dar is, 'nem he al gar nich mehr mit rekent hett. Uck to de Wulf un dat gollne Meerwiefken freut he sik dull, un ümmer wedder mutt de Königssoehn vertellen, wodenig de Wulf em hett to de smucke Bruut hulpen. Man heel trurig ward he, as he hört, wodennig sin beide öllste Soehns hebben de jüngste doothaut. He lett se foorts ropen, un as se kamen, do warrn se dodenbleek, se hebben ja meent, he is al lang' verrott' un vergahn. Se sünd so dör'nanner, se koenen dat gar nich afstrieden, as se's Vadder se fragt, warum se sik so schandbar hebben an se's Broder vergahn, se seggen foorts, se hebben dat daan, un dat is man um de Wunnervagel un um dat gollne Perd we'n. Do ward de König dull un lett se beide uphängen. Nich lang' darna ward denn Hochtied geven, un de jüngste Königssoehn un dat gollne Meerwiefken warrn Mann un Fruu. Un as dat Fest ut is, do wünscht de Wulf sin Königssoehn allens Gude un seggt adjüs. Dat deit de König, sin Soehn un sin Swiegerdochter bannig leed, man de Wulf will nu wedder trügg in sin Holt.

De Düvelskatt

Dar is mal en Fruunsminsch we'n, de ehr Mann is
Fischer we'n. He hett ümmer en gude Fang maakt,
un so hett se ümmer en Deel Fisch in't Huus hatt för
un verkopen se up'e Markt. Man een Deel hett ehr
bannig argert: elkeen Nacht is dar en grote swatte
Katt kamen un hett ehr de beste un gröttste Fisch
upfreten. Un do hett se sik en degte Knüppel her-
kregen un hett sik vörnahmen, se will sik up'e Luer
leggen.

Een Avend is se mal bi un spinnen tosamen mit en
anner Fruu. Do ward dat upmal balkendüster in de
Stuuv, de Dör flüggt up, as wenn en bannige Storm
'n upreten hett, un do kümmt dar en unbannig grote
swatte Katt ringahn, un dat liek up dat Füer to, un
dreiht sik um un gnurrt se an.

„Oha, dat's sachs de Düvel", seggt en Deern, de is
jüst bi un sorteert de Fisch.

„Di will ik helpen, mi mit Schimpwöör ropen!" seggt
de Katt un springt up ehr los un kleit ehr de Arm,
dat blött man so. „So", seggt 'n, nu weetst du ja wull,
wodennig du di upföhren musst, wenn dar kümmt en
Herr to Besöök." Un denn geiht 'n hen un maakt de
Dör to, dat se nich utkniepen koenen. Denn de
stackels Deern bölkt ja för Angst un Wehdaag un
versöcht un lopen weg.

Do kümmt dar jüst en Mann vörbi. He hört dat
Bölken un stött de Dör up un will rin. Man de Katt
steiht up'e Süll un lett nümms dör. Do kriggt de
Mann sin Stock faat un neiht de Katt dar düchtig
een mit oever. Man de is em mehr as oever, de kleit

em sodennig in't Gesicht un up'e Hänne, he dreiht sik um un huult af so gau as he man kann.

„So, nu is't Etenstied", seggt de Katt un bekickt sik de Fisch, de sünd dar up de Dischen utleggt. „Will hapen, de Fisch sünd vundaag guut. Nu stör mi nich un maak keen Fisematenten. Ik will mi al sülvst bedeenen." Un denn springt 'n hooch un kümmt bi un vertehrt all de beste Fisch, un darbi gnurrt 'n de Fruu böös an.

„Seh du kümmst rut, du Aas!" röppt de Fruu, un darbi neiht se dat Beest een mit de Füertang, dar harr se 'n wull de Rügg mit dörhaun kunnt, man dat is ja en Düvel. „Rut mit di! Vundaag gifft dat keen Fisch!"

Man de Katt grient ehr blots an un ritt un fritt in de Fisch. De Slag mit de Füertang hett 'n nix daan. Do gahn de beide Fruunslüüd up 'n los mit Knüppels un hau'n up 'n dal, dar harrn se 'n woll mit doothau'n kunnt. Do gluupt de Katt se an un fangt an un spütten Füer. Un denn springt 'n up se dal un kleit se de Köppe, dat dat Bloot man so dal löppt. Un de Fruunslüüd krieschen un maken, dat se ut de Dör kamen.

Man de Fischer sin Fruu kümmt foorts t'rügg, un do hett se en Buddel mit Wiehwater mit. Se kickt in de Dör, un do süht se, de Katt sitt noch ganz geruhig un fritt vun de Fisch un ward ehr gar nich wies. Do sliekert se sik liesen hen un speutet 'n mit dat Wiehwater. Do kümmt dar mitmal so'n dichte, swatte Qualm, de ganze Stuuv is dar vull vun, dar is nix mehr to sehn as de rode Ogen vun de Katt, as glöhnige Koehlen. Un denn vertreckt de Rook sik bi lütten, un se süht, wodennig de Rump vun dat Beest ganz suutje verbrennt un ward ümmer lütter un schrumpelt ganz tosamen un is mit'nmal weg. Un vun do an sünd de Fisch nich mehr anröhrt wurrn. De Macht vun de Böse is braken we'n un de Düvelskatt is nie nich wedder kamen.

Oosten de Sünn un westen de Maand

Dar is mal en arme Katenmann we'n, de hett en Barg Kinner hatt. Man he is so arm we'n, he hett se nich recht kunnt wat to eten geven un uck nix an Tüüg. Liekers sünd de Kinner bannig smuck we'n, man de smuckste vun se all, dat is de jüngste Dochter we'n.

Een Dunnersdagavend in 'e Harvst is dat mal so'n gresige Wedder buten. Dat is pickendüüster, un dat regent un störmt, dat ballert man so an de Finstern. De heele Familie sitt an't Füer un elkeen deit sin Arbeit. Mit'nmal kloppt dat an't Finster, dreemal, ganz luut. De Mann geiht rut un kickt na, wat dat is, un do steiht dar en grote, witte Baar.

De Baar seggt fründlich „Gu'n Abend", un denn fraagt he em, um he em nich will sin jüngste Dochter to Fruu geven, denn will he em so riek maken, as he nu arm is. De Mann dücht dar wull wat um, man he meent, he mutt doch man eerst mit sin Dochter snacken. Un do geiht he rin un vertellt ehr dat, so un so, un de Baar will em bannig riek maken. Man de Deern seggt nee, dar will se nix vun weten.

Do he wedder rut na de Baar un seggt em dat, un seggt, he schall man de anner Dunnersdag wedderkamen, denn will he mal sehn, um he ehr nich kann rumkriegen. Un naher snacken se all mit'nanner de Deern so vel vör, toletzt seggt se ja, se will dat doon. Un denn wascht se ehr paar Plünnen un maakt sik so schier, as se man kann, un denn is se ferdig för de Reis.

De anner Dunnersdag kümmt de Baar denn richtig wedder an, un do nimmt se dat Bünnel mit ehr paar Piselotten, sett sik up sin Rügg, un denn los. Se sünd al en arig Stück weg, do fraagt de Baar, um se uck is bang', man se seggt nee, dat is se nich. Do seggt he, se schall sik man düchtig fastholen an sin Fell, denn passeert ehr nix. Un se ritt up de Baar sin Rügg ümmer wieder in de Welt, nümms kann seggen wo wied, un toletzt kamen se an en grote Barg. Dar kloppt de Baar an, un do deit sik en Dör up, un se gahn rin in en grote Slott. Binnen sünd dar en Masse Stuven un Kamern, un allens blinkert vun Sülver un Gold. Un dar is en grote Saal, un in de Saal steiht en Disch, dar sünd allerhand feine Saken up to eten. Do gifft de Baar ehr en lütte sülverne Klock un seggt, wenn se jichens wat hebben will in't Slott, denn schall se man bimmeln, un foorts kriggt se dat denn.

As se eten un drunken hett, do ward se möö' un will to Bett, un do klingelt se – un foorts deit sik en Kamer up, un dar binnen steiht en upmakte Bett, as dat nich smucker we'n kann, mit siedene Küssens un Vörhänge mit gollne Frangen, un allens in de Kamer is vun Gold un vun Sülver. Man as se dat Licht utmaakt hett un liggt in't Bett, do kümmt dar een un leggt sik bi ehr dal. Un sodennig geiht dat elkeen Nacht. To sehn kriggt se em nie nich: He kümmt eerst, wenn dat Licht al ut is, un he geiht wedder, ehrer dat Dag ward.

Sodennig levt se dar nu en ganze Tied ruhig un tofreden, man denn ward se so lengen na ehr Vadder un Mudder un na ehr Bröder un Süstern, un do ward se so trurig. Un do fraagt de Baar ehr mal, warum se ümmer so still un deepdenkern is. Do vertellt se em dat, se will so bannig geern mal wedder ehr Vadder un Mudder un Bröder un Süstern sehn. Ja, seggt he, dat kann wull angahn, man se mutt em toseggen, dat se nie nich mit ehr Mudder alleen snacken deit, de annern moeten dar ümmer bi we'n. Ehr Mudder, seggt he, de ward ehr wull bi de Hand nehmen un will ehr in en anner Kamer trecken, dat se mit ehr alleen is, man se schall dat jo un jo nich doon, anners warrn se all beid unglücklich, he un se. Nee, seggt se, se will al uppassen.

Sünndag kümmt de Baar un seggt, nu kann de Reis na ehr Vadder un Mudder losgahn. Do sett se sik up sin Rügg, un los geiht dat. Na en Tied kamen se an en grote, witte Slott, dar gahn ehr Bröder un Süstern rin un rut un spelen dar, un dat is allens so smuck, dat is rein to un to schön un kieken dat an. So, seggt de Baar, dar wahnen ehr Vadder un Mudder nu, seggt he, man se schall jo un jo nich vergeten, wat he ehr seggt hett, anners maakt se sik unglücklich un em mit. Nee, seggt se, se will dar an denken.

Ehr Vadder un Mudder, de freuen sik nu ja unbannig, dat se se's Dochter weddersehn, un se vertellen ehr, wo fein se dat nu hebben, un se fragen ehr, wodennig ehr dat geiht. Oh, seggt se, ehr geiht dat uck fein, se hett allens, wat se sik man wünschen kann. Ik weet nich, wat se se noch vertellt hett, man so recht Bescheed kregen hebben se sachs nich.

An'e Namiddag, na dat Middageten, do kümmt dat denn richtig so, as de Baar dat vörutseggt hett: De Mudder will alleen mit ehr Dochter in de Kamer snacken. Man de Deern denkt dar an, wat de Baar seggt hett, un se seggt, wat se to snacken hebben, dar koenen se ja uck in de Stuuv vun snacken.

Toletzt kriggt se ehr ja aver wull doch besnackt, un do mutt se de Mudder allens vertellen. Un se vertellt ehr uck, dat dar to Nacht, wenn se dat Licht utmaakt hett, ümmer een kümmt un leggt sik dal bi ehr. Man se kriggt em nie nich to sehn, seggt se; ehrer dat Dag ward, do is he ümmer al wedder weg, un dat deit ehr so leed, seggt se, se wull em doch geern mal sehn, un de Dag ward ehr so lang, se is ja ümmer so alleen. Do seggt de Mudder, dat is wiss en Troll, de dar slöppt bi ehr, seggt se. Se schall man mal upstahn, wenn he slöppt, un denn schall se en Licht ansteken un em sik ankieken. Man se schall jo uppassen, seggt se, un schall keen Tallig up em drüppeln.

An'e Avend kümmt de Baar denn wedder un haalt de Deern af. Se sünd al en Stück ünnerwegens, do fraagt he ehr, um dat nich is so kamen, as he hett seggt. Jo, dat kann se ja nich afstrieden. Ja, seggt he, hett se up ehr Mudder ehr Raatslag hört, denn maakt se se beid unglücklich, denn is dat ut mit se's Fründschop. Nee, seggt se, dat hett se nich.

Do kaamen se na Huus, un de Deern geiht to Bett, un dat is so as ümmer: Dar kümmt een un leggt sik dal bi ehr. Man in de Nacht, do hört se, he slöppt, un do steiht se up un stickt en Licht an. Un do süht se, in't Bett liggt en smucke Königssoehn, un se mag em so geern lieden, se mutt em foorts een updrücken. Man do passt se nich up, un do fallen dar dree hitte Talligdrüppen up sin Hemd, un dar ward he waak vun. Un do ward he schellen un seggt, nu hett se se beid unglücklich maakt. Harr se dat Jahr utholen, seggt he, denn so harr se em erlöst. He hett en Steefmudder, seggt he, de hett em verhext, dat he dagsoever en Baar is un bi Nacht en Minsch. Man nu is dat ut, seggt he, nu mutt he weg vun ehr un wedder hen na sin Steefmudder. De wahnt up en Slott, dat liggt oosten de Sünn un westen de Maand, un he schall dar en Königsdochter heiraden, seggt he, de hett en Näs, de is dree Elen lang.

De Deern ward ja nu weenen un jammern, man nu is dat to laat, he mutt weg. Se fraagt em noch, um se nicht mit kann, man he seggt nee, dat geiht nich. Tja, um he ehr denn nich kann de Weg seggen, dat se em söken kann, dat is ehr doch sachs verlöövt. Ja, seggt he, dat dörf se wull, man dar geiht keen Weg hen. Dat Slott liggt oosten de Sünn un Westen de Maand, un dar kümmt se nie nich hen.

De anner Morrn ward se waak, un do is de Königssoehn weg, un dat Slott uck, un se liggt dar up de nakelte Eerde merrn in en düüstere Holt un hett wedder ehr ole Plünnen an, un blangen ehr liggen ehr Piselotten, de se vun to Huus mitnahmen hett. As se sik nu vermünnert hett un hett uck nugg blarrt, do maakt se sik up'e Padd un geiht een Dag um de anner, bet se an en grote Barg kümmt. Vör de Barg sitt en ole Fruu, de spelt mit en gollne Appel. Do fraagt de Deern ehr, um se nich weet de Weg na de Königssoehn, de dar wahnt up en Slott bi sin Steefmudder, oosten de Sünn un westen de Maand, un schall en Königsdochter frien mit en Näs dree Elen lang. Do fraagt de Fruu ehr, wonem se em vun kennt, um se vellicht de Deern is, de he hett heiraden wullt. Ja, seggt se, se is dat. Tjä, seggt de ole Fruu, se will ehr ja geern helpen, man se weet uck nix anners, as dat Slott liggt oosten de Sünn un westen de Maand. Man se will de Deern ehr Perd leh-

nen, seggt se, dar kann se up na ehr Naversch rie-
den, vellicht kennt de ja de Weg. Wenn se dar an-
kümmt, seggt se, schall se blots dat Perd ünner dat
linke Ohr slaan un seggen, dat schall na Huus gahn.
Un denn gifft se ehr noch de gollne Appel, vellicht
kann se 'n bruken, seggt se.

Do sett de Deern sik up't Perd un ritt Dag um Dag,
bet se wedder kümmt an en Barg, dar sitt en ole
Fruu vör, de hett en gollne Haspel. Do fraagt se disse
Fruu uck na de Weg na dat Slott oosten de Sünn un
westen de Maand. Man de weet uck blots, dat Slott
liggt dar, un se meent, dar kümmt de Deern sachs
nie nich hen. Un denn lehnt se uck de Deern ehr
Perd un seggt, se schall man henrieden na ehr
Naversch, vellicht kann de ehr de Weg seggen. Wenn
se dar ankümmt, seggt se, schall se blots dat Perd
ünner dat linke Ohr slaan un seggen, dat schall na
Huus gahn. Un denn gifft se ehr noch de gollne Has-
pel, vellicht kann se 'n bruken, seggt se.

De Deern sett sik nu to Perd un ritt Dag um Dag un
Wuch um Wuch. Toletzt kümmt se wedder an en
Barg, dar sitt en ole Fruu vör, de hett en gollne
Wock. Un dar geiht ehr dat jüst so as bi de beide
annern, se weet uck blots, dat Slott liggt oosten de
Sünn un westen de Maand. Se schall man ehr Perd
nehmen, seggt se, un dar up na de Oostenwind rei-
sen un em fragen. Un dat Perd schall se denn man
blots ünner dat linke Ohr slaan un seggen, dat schall
na Huus gahn. Un se gifft ehr de gollne Wock mit,
vellicht kann se 'n bruken, seggt se.

Nu ritt se männig lange Tied, un toletzt langt se bi
de Oostenwind an. Ja, seggt de, as se em fraagt hett,

he hett vun de dare Königssoehn un dat dare Slott snacken hört, man de Weg kann he ehr nich seggen, so wied hett he nie nich weiht. Man he will ehr na sin Broder, de Westenwind bringen, seggt he, vellicht dat de dat weet, de hett ja vel mehr Kraft as he. Se schall sik man up sin Rügg setten, seggt he, denn will he ehr hendrägen. Se sett sik denn nu up de Oostenwind sin Rügg, un los geiht dat.

Do kamen se bi de Westenwind an, un de Oostenwind vertellt em, he hett en Deern mitbröcht, de will de Königssoehn heiraden, de dar wahnt up't Slott oosten de Sünn un westen de Maand, un he fraagt em, um he nich weet de Weg darhen. Nee, seggt de Westenwind, so wied hett he nie nich weiht. Man wenn se dat will, seggt he to de Deern, denn so kann se sik up sin Rügg setten, denn will he ehr henbringen na de Südenwind, seggt he, vellicht kann de ehr dat seggen, de hett vel mehr Kraft as he un weiht un stromert allerwegens rum. De Deern sett sik up sin Rügg, un dat duert nich lang', do sünd se bi de Südenwind.

Do fraagt de Westenwind em, um he nich weet de Weg na dat Slott oosten de Sünn un westen de Maand, denn de Deern, seggt he, de he mitbröcht hett, de will de Königssoehn heiraden. Man de Südenwind weet de Weg uck nich. He hett all sein Levdag vel rumweiht, seggt he, man so wied is he nie nich kamen. Man wenn se dat will, seggt he, denn bringt he ehr na sin Broder, de Noordenwind, de is de öllste vun se un hett de mehrste Kraft, un wenn de ehr de Weg nich seggen kann, seggt he, denn kriggt se 'n nümmer nich to weten. Do sett de Deern sik up sin Rügg, un los geiht dat, dat stofft man so.

Nich lang, do kamen se bi de Noordenwind an, man de is so wild un unbannig, he weiht se al vun wieden nix as Ies un Snee in't Gesicht un fraagt se foorts, wat se woe'n. De Südenwind begööscht em nu, he is ja sin Broder, un he vertellt em, de Deern, de he mitbröcht hett, de will de Königssoehn heiraden, de dar wahnt up dat Slott oosten de Sünn un westen de Maand, un nu will se em fragen, seggt he, um he nich weet Bescheed up dat Flagg. Ja, seggt de Noordenwind, he weet wull, wonem dat liggen deit, he hett dar mal en Espenblatt henweiht, seggt he, man do is he so möö' we'n, he hett en paar Daag lang gar nich weihn kunnt. Man wenn se dar afsluuts hen will, seggt he to de Deern, un se is nich bang, denn so will he ehr up'e Rügg nehmen un sehn, um he ehr dar henweihn kann. Ja, seggt de Deern, hen will se un mutt se, wenn't man jichens angahn kann, un bang' is se man eenmal nich, un wenn't noch so dull tokehr geiht. Do mutt se de Nacht bi de Noordenwind blieven, denn se moeten de ganze Dag vör sik hebben, wenn se dar hen woe'n.

De anner Morrn weckt de Noordenwind ehr tiedig, un denn puust' he sik up un maakt sik groot un stark, dat is ganz gresig, un los geiht dat dör de Luft, as schull't an't Enne vun de Welt gahn. Do gifft dat so'n gresige Storm, heele Dörper un Hölter weihn man so um, un as se oever de See kamen, do buddeln Hunnerte vun Schep af. Ümmerlos geiht dat oever't Water, so wiet, so wiet, dat kann keen Minsch sik vörstellen. Man de Noordenwind ward ümmer flauer, so flau ward he, he kann meist gar nich mehr weihn. Un he geiht ümmer sieder dal, ümmer sieder, toletzt is he so sied, de Bülgen licken em al an de Hacken.

Um se uck is bang', fraagt he de Deern. Nee, seggt se, bang' is se heel un deel nich. Do sünd se nich mehr wied vun Land af, un de Noordenwind hett man knapp noch so vel Kraft un weihn ehr ünner de Finstern vun dat Slott oosten de Sünn un westen de Maand. Un do is he so maddelig un henfällig, he mutt sik en Reeg vun Daag verpusten, ehrer dat he wedder na Huus kann.

De anner Morrn sett de Deern sik ünner de Finstern vun dat Slott un spelt mit de gollne Appel, un de eerste, de ehr wies warrn deit, dat is de Königsdochter mit de lange Näs, de de Königssoehn heiraden schall. Do maakt se dat Finster up un fraagt de Deern, wat se hebben will för ehr gollne Appel. Oh, seggt de Deern, de gifft se nich her, nich för Gold noch för Geld. Wenn se 'n dar nich för hergeven will, seggt de Königsdochter, wat se dar denn för hebben will, se will ehr geven, wat se verlangt. Ja, seggt de Deern do to ehr, wenn se schall een Nacht bi de Königssoehn slapen, denn so kann de anner de Appel kriegen. Ja, seggt de, dat kann se geern, un do kriggt se de Appel. Man as de Deern bi de Königssoehn in de Kamer kümmt, do slöppt he, un se kann ropen un em schütteln un weenen un jammern, se kriggt em nich waak. De anner Morrn ward dat hell, un do kümmt de Königsdochter mit de lange Näs un jaagt ehr rut.

De Dag sett de Deern sik wedder ünner de Finstern vun dat Slott, un do wickelt se dar Gaarn up up ehr gollne Haspel, un do geiht dat jüst so as de Dag vörher. De Königsdochter fraagt ehr, wat se hebben will för ehr gollne Haspel. Man de Deern seggt, se gifft 'n nich her, nich um Gold noch Geld. Man wenn se noch en Nacht bi de Königssoehn slapen schall, denn so schall de Königsdochter 'n hebben. De seggt ja foorts „Ja" un nimmt de gollne Haspel. Man as de Deern rupkümmt in de Kamer, do is de Königssoehn al wedder fast inslapen. Un wat se em uck röppt un schüttelt un weent un jammert, se kriggt un kriggt em nich waak. Un as dat de anner Morgen hell ward, do kümmt wedder de Königsdochter un jaagt ehr rut.

Do sett de Deern sik de Dag ünner de Finstern mit ehr gollne Wock un geiht bi un spinnt. Do süht de Königsdochter mit de lange Näs de Wock un will de uck geern hebben. Se maakt dat Finster up un fraagt de Deern, wat se darför hebben will. De Deern seggt wedder, se gifft 'n nich her um Gold un Geld; man wenn se ehr noch en Nacht will slapen laten bi de Königssoehn, denn so schall se 'n hebben. Ja, dat kann se ja geern, seggt de Königsdochter un nimmt de gollne Wock. Nu sünd dar aver en paar Christenminschen we'n up dat Slott, de hebben se dar fastholen, un de hebben in de Kamer blangen de Königssoehn seten. Un de hebben dar nu al in twee Nachten so'n Ropen un Weenen vun en Fruunsminsch hört blangenan, un do gahn se hen un vertellen dat de Königssoehn. To Nacht kümmt denn de Königsdochter mit en Tass Supp, de drinkt de Königssoehn ümmer, ehrer dat he slapen geiht. Man nu deit he man so, as wenn he drinkt, un gütt de Supp achter sik, he hett sik wull denken kunnt, se harr em dar en Slaapdrunk in daan.

As do de Deern in de Kamer kümmt, do is de Königssoehn ja noch waak, un he freut sik bannig to un sehn de Deern wedder. Se mutt em denn allens vertellen, wodennig ehr dat gahn hett un wodennig se na dat Slott kamen is. Un as se dar ferdig mit is, seggt he, se is jüst to rechte Tied kamen, de anner Dag schall he Hochtied geven mit de Königsdochter. Man he maakt sik nix ut ehr un ehr lange Näs, seggt he, he will keen anner hebben as de Deern. He will man seggen, he will eerst seh'n, 'nem sin Bruut to döcht, un denn schall se de dree Talliglichtplacken ut sin Hemd rutwaschen. Dat ward se wull nich afslaan, meent he, man he weet wull, se kann dat nich. De Placken hett de Deern dar ja up drüppelt, un se koenen blots vun en Christenminsch wedder rutwuschen warrn, nich vun so'n Trollentüüg, 'nem de Königsdochter to hört. He will denn seggen, he nimmt keen as de, de dat t'rechtkriggt, un wenn se dat all versöcht hebben, denn will he ehr ropen, un denn schall se dat doon. Do is dat afmaakt, un se verbringen de Nacht kregel un vergnögt tosamen.

As nu de neegste Dag de Hochtied we'n schall, do seggt de Königssoehn, he will doch geern sehn, 'nem sin Bruut to döcht. Ja, seggt de Steefmudder, dat is ja nich mehr as recht. Ja, seggt he, he hett dar so'n smucke Hemd, dat will he geern as Hochtiedshemd bruken. Man nu sünd em dar dree Talliglichtplacken rin kamen, de will he geern wedder utwuschen hebben. Darum, seggt he, hett he sik vörnahmen, he will keen anner frien as de, de darto döcht. Na, dat is ja nich so gefährlich, meenen de Fruunslüüd un seggen dar „ja" to. De Königsdochter mit de lange Näs geiht foorts bi un waschen, all wat se kann, man jo mehr se waschen deit, jo grötter un swatter warrn de Placken. Do seggt de Oolsch, wat ehr Mudder is, se schall ehr dat Hemd mal geven. Man as se dat kriggt, do ward dat noch swatter, un se kann waschen un rubbeln, so dull as se will, de Placken

warrn ümmer grötter. Do schoe'n de anner Wiever
dat Hemd waschen, man dat ward ümmer gresiger
utsehn, toletzt schull man meist meenen, se harrn
dat Hemd ut de Schosteen haalt. Do seggt de Kö-
nigssoehn, se doegen dar all nich to, man ünner dat
Finster, seggt he, dar sitt en arme Bedeldeern, he is
sik wiss, de kann beter waschen as se all tohopen.
Un do röppt he ehr rin un fraagt ehr, um se kann dat
dare Hemd waschen. Weeten deit se dat nich, seggt
de Deern, man se meent noch, se kann dat. Un do
nimmt se dat Hemd un geiht bi un waschen, un do
ward dat so witt as frische Snee un noch witter. Ja,
seggt de Königssoehn, de will he hebben.

Do ward de Trollenoolsch so dull, se basst ut'neen.
Un de Königsdochter mit de lange Näs un de anner
Trollen sünd uck vuneen bossen, gloov ik. Tominnst
heff ik nie nich wedder wat vun se hört. Un do laten
de Königssoehn un sin Bruut all de Christenmin-
schen frie, de se in dat Slott fastholen hebben. Un
denn nehmen se so vel Gold un Sülver, as se man
drägen koenen, un se flütten wied weg vun dat Slott
oosten de Sünn un westen de Maand. Man wodennig
se dar wegkamen sünd un wonem se afbleven sünd,
dat weet ik nich.

Hasenkoeteln

Dar is mal en Knecht we'n, de hett sik sodennig in de Deern up'e Hoff verkeken hatt, he is al heel un deel verdreiht we'n. Man se hett nix vun em weten wullt, se hett em een Korf na de anner geven. De stackels Keerl is so dör de Wind we'n, he hett nix eten un nix drinken mucht, un slapen hett he uck nich mehr kunnt.

Eenmal geiht em dat mal wedder ganz leeg, un do geiht he to Dörps, seggt dar aver nümms wat vun. In dat Dörp, dar hett en Hexenmeister wahnt, dar seggen de Lüüd vun, he kann allens kureern, uck dat. Em vertellt de Knecht dat, un do seggt de Hexenmeister, he schall sik wecke Hasenkoeteln sammeln, un to Nacht, wenn de Deern dat Füer todeckt hett un allens to Bett gahn is, denn schall he de Koeteln ünner de Asch leggen. Un denn, seggt he, schall he so doon, as wenn he krank is, un he schall seggen, he mutt nootwennig wat Tee hebben. Un denn, seggt he, denn kriggt nich Deern noch Düvel dat Füer in'e Gang, un denn schall he dat man blots richtig anstellen, denn so mutt de Deern em heiraden. Do bedankt de Knecht sik un geiht weg un is nu fein toweg'.

Ünnerwegens geiht he noch gau an en Stä' vörbi, dar hett he de Dag vörher en Haas weglopen sehn, un dar sammelt he all de Koeteln up, de he finnen kann. Laat an'e Abend geiht denn ja allens to Bett. De Deern hett vörher noch dat Füer todeckt as elkeen Avend. De Knecht kann ja knapp de Tied afluern, bet he doon kann, wat de Hexenmeister em seggt hett. As he de Koeteln ünner de Asch schaven hett un is wedder to Bett gahn, do fangt he ja nu an un

81

günst as een, de swaar krank is, un dat so luut, dat heele Huus ward dar waak vun. De Fruu fraagt de Deern, um se dat is, man se seggt nee, dat is de Knecht, de hett so'n Buukweh. Do seggt de Fruu, de Deern schall upstahn un maken em Tee.

De Deern is ja gnadderig, man se steiht up, treckt sik wat oever, un denn geiht se hen na de Knecht un will sehn, wodennig em dat geiht. De liggt dar un günst un dreiht sik as en Worm: He geiht doot vör Buukweh, seggt he, de Deern schall em jo um Gotts willen wat Tee maken.

Do haalt de Deern en paar dröge Twiegen un versöcht un fengen dat Füer an. Do will se dar in puusten, man wenn se blots de Mund spitz maakt un will in de Gloot puusten, denn fahrt dar en Wind ut ehr rut an en anner Kant, man nich ut de Mund: „Puup … wat? Puup … wo? Puup … nanu? Puup … verdori! Puup … wat's dat? Puup … ik weet nich! Puup … Fruu! Puup … gau, stah up! Puup … ik kann nich in't Füer pusten! Puup … blaas de Fruu doch mal!"

De Fruu, gnadderig, steiht ja uck up, treckt sik wat oever un geiht hen un fengen dat Füer an. „Puup … wat? Puup … wo? Puup … nanu? Puup … verdori! Puup … ik uck? Puup … Mann! Puup … gau, stah up! Puup … wi koenen dat Füer nich anfengen! Puup … puust du doch mal!"

De Buer is nu uck gnadderig. He treckt de Büx an un geiht hen un fengen dat Füer an. „Puup … wat? Puup … wo? Puup … nanu? Puup … verdori! Puup … nu langt dat aver! Puup … dat mutt de Düvel we'n! Puup … wi moeten de Preester hal'n!"

He denn los un seggen de Preester Bescheed, un dat dat ielig is.

De Preester jumpt foorts ut't Bett, treckt sin Preestertüüg an, nimmt sin Book un denn gau hen na de Mann sin Huus.

De ganze Tied liggt de Knecht un wöltert in't Bett rum, günst un röppt na sin Tee.

De Preester nu rin in't Hus, ran an de Füerstä', sleit dat Krüüz in de Mitt un will dat Füer anfengen. „Im Namen ... puup ... des Vaters, ... puup ... des Sohnes ...puup ... und des Heiligen Geistes ... puup! Ik verstah dat uck nich ... puup! Wi moeten beden ... puup ... för de armen Seelen ... puup!"

Do mellt sik de Knecht ut sin Bett rut un seggt, wenn de Deern man wull ... Do fraagt em de Preester, wat he darmit seggen will, un wat de Deern darför kann. Ja, seggt he, se kann darför: wenn se em man heiraden wull, denn so wull he woll dat Füer anfengen. Do seggen de Preester, de Buer un de Fruu, do seggen se all mit'nanner, se schall doch man „Ja" seggen, dat de Düvel doch man rutfahrt ut dat Huus, denn so wat, seggen se, so wat hett dat in dat Huus doch noch nie nich geven, un dat schall gar nich eerst inrieten. Do seggt de Deern denn toletzt „Ja", wenn de Knecht dat Füer anfengen will, denn so will se em wull heiraden. Süh, anners hett de Knecht ja nix wullt, un do jumpt he foorts rut ut't Bett, treckt sik de Büx an un huukt sik dal vör de Füerstä'. Gau kleit he de Asch ut'neen, grabbelt de Hasenkoeteln dar rut, un denn puust he dreemal up dat Füer, un knack! do fengen de Twiegen uck all.

Un do mutt de Deern ehr Verspreken holen un neh-
men em to'n Mann, un een Maand later fiern se
Hochtied.

Vun de Tied an heff ik dar nix vun hört, dat dat Füer
nich hett fengen wullt, uck nich, dat de Preester, de
Buer, de Fruu oder de Deern sik ... mehr as
soebenmal up'e Dag hebben Luft maken musst, so as
elkeen anner uck.

De Eddelmann un de Düvel

Dar is mal en Eddelmann we'n, en Baron oder sowat, de hett en Barg Land hatt. Man de Lüüd seggen, he is dar nich up ehrliche Wies bi kamen. Un ümmer wedder hett he en Hallunkenstück utöövt, wenn he dar wat mit hett rieten kunnt.

Do kümmt toletzt de Düvel bi em an un seggt, he will em en Barg Geld geven, wenn he em darför will sin Seel verschrieven. Man dar is he to slau to. Leeg as he is – un he is man wat leeg we'n, dat weet de leeve Gott – sin Seel is em doch nich eendoont. Sik de Düvel in de Hänne geven, nee, dat will he nu doch nich. Man he denkt, vellicht kann he en Hannel afsluten mit de ole Musch Urian un kriegen, wat he will, un denn liekers guut darvun kamen. Mit de dare Düvel, denkt he, dar kann he dat noch elkeen Dag mit upnehmen.

Sodennig warrn se denn hannelseenig: De Düvel schall em so veel Gold geven, as he man hebben will. Un he schall em in Freden laten, so lang' as dat man geiht. Un de Swatte seggt em to, dat schall noch lang' duern, bet he na em verlangt. Un wenn't denn so wiet is, will he em nich anfaten, so lang' as he em kann en Upgaav stellen, de he nich klaar kriegen kann.

Un as de Hannel sodennig afslaten is, seggt de Eddelmann to de Düvel: „So, nu giff mi Geld!"

„Jo, wiss", seggt Musch Urian, „woveel wullt du denn hebben?"

„Du scha'st mi disse Stuuv vullmaken", seggt he und wiest in en grote Saal, de hett he dar eegens för

85

leddig maakt, „vull mit Goldstücken bet an de Boehn."

„Geiht klaar", seggt de Anner.

Un do geiht he bi un schüffeln Goldstücken in de Stuuv as unklook. Un de Eddelmann seggt, wenn he ferdig is, denn schall he man dal kamen in de Döns nedden ünner und em Bescheed seggen. Denn will he mal kieken, um de Swatte em uck nich anschieten deit. Darmit geiht de Eddelmann dal, un Musch Urian schüffelt und schüffelt un hett dat so hild as de Muus in't Kindbett.

Na, as he nu mehr as en Stünn so evenweg schüffelt hett, do ward he ja bi lütten möö' warrn. Un em dücht ja, dat is doch bannig gediegen, dat he de Stuuv nich gauer vull kriegen kann. Un as he sik en bet' verpust' hett, fangt he wedder vör dull an un arbeiten. Man de Stuuv will un will nich vuller warrn.

„Verdammte Schiet!" seggt de Düvel, „sowat heff ik doch noch nie nich belevt. Bet nu heff ik doch noch elkeen Stuuv gauer vull kregen as en Kock kann en Goos utstoppen! Un nu verleer ik en ganze Dag! Un denn ik mit all min Knoev! Un de Stuuv is nich vuller as vör fief Minuten!"

Un as he noch so vör sik henschimpen deit, do süht he, de Hupen Goldstücken in de Mitt vun de Stuuv ward ümmer lütter. Un toletzt verswinnen se heel un deel as dat Koorn ut de Schüttrump vun'e Moehl.

„Süh so!" seggt Musch Urian, „geiht dat sodennig!" Un do löppt he hen na de Goldhupen – un wat meenen I wull – do lopen all de Goldstücken dör en grote Lock in'e Del na de Döns nedden ünner. Dat dare Lock hett de Eddelmann maakt, as he sik vun de Düvel afgleden hett un hett to em seggt, he will dar nedden up em töven. De Düvel kickt nu dal dör dat Lock, un do süht he, de Eddelmann langt dat noch nich mit *twee* Stuven vull Gold, nee, he is uck noch bi mit en grote Schüffel un schüffeln dat Gold in en Kabuff blangenbi, so gau as dat vun baven dal fallen deit. Do stickt de Düvel sin Kopp dör dat Lock un röppt dal na de Eddelmann:

„Gu'n Dag uck, Naver!"

De Eddelmann kickt hooch un ward witt as de kalkte Wand, as he süht, de Düvel hett em faatkregen un gluupt mit rode Ogen up em dal.

„Du büst ja en ganz utverschaamte Keerl!" seggt de Düvel. „Anschieten wullt du mi, du Hallunk!"

„Oh", seggt de Eddelmann, „seh mi dat man dütmal na, un bi min Ehr as Baron, ik will't uck nich ..."

„Nu, nu, du Galgenstrick," seggt de Düvel, „man nich bang', ik bün di nich bös. Nee, ik mag di noch leever lieden, so slau as du büst. Nu laat dat Slaven man na. För dütmal hest du Geld nugg, un wenn't all is, denn segg man Bescheed, denn kriggst du mehr."

Do gahn se utenanner, un ik weet nich, um se sik naher faken bemött sünd. Man de Eddelmann hett nie nich Geld fehlt, ümmer rieker is he wurrn. As 'n so seggt, he hett kunnt de Schiet vun de Straat upsammeln, bi em is dat to Gold wurrn. Un mit de Tiet hett he ümmer mehr Land tohopenköfft un is en grote Mann wurrn, en gröttere hett dat nich geven in't ganze Land.

Toletzt ward de Eddelmann ja oold, un dat Geweten kümmt nu doch bi un kniepen em vun wegen all sin Hallunkentoeg, un he fangt an un warrn bang' för de Dood. Un jüst as he so'n Gedanken hett, do kümmt de Düvel bi em an un seggt, he schall mit em kamen.

Do sackt de Ole sin Hart ja in de Büx, man he nimmt all sin Moot tosamen un all sin Plie, un do seggt he to de Düvel, jüst nu hett he dat so bannig hild, he is inladen to Gill, un so'n ole Fründ as he ward doch sachs nich bigahn un maken em Ungelegenheiten.

„Is guut", seggt de Düvel, he will de neegste Dag wedderkamen, man denn mutt he klaar we'n. Un richtig kümmt he de neegste Avend wedder an, un as de Eddelmann em süht, do ward he em erinnern an se's Verdrag, dat he nich mitgahn mutt, so lang' as he em kann en Arbeit geven, 'nem he nich klaar mit warrn kann.

„Dat's wahr", seggt de Düvel.

„Freut mi, dat du to din Woort steihst", seggt de Eddelmann.

„Heff 't noch nie nich braken", seggt de Düvel, „so wahr as ik hier stahn do."

„Na denn", seggt de Eddelmann, „buu mi en Moehl nedden an'e Bek bet morrn fröh."

„Mit Vergnögen", seggt de Swatte un suust af. Un de Eddelmann meent ja nu, he hett em oeverdüvelt un ward ganz geruhig slapen gahn.

Aver verdori, dat eerste he hört an de neegste Morrn is, all de Lüüd wied un sied lopen hen un bekieken de nüe Moehl an de Bek, 'nem de Avend vörher nix we'n is as Reet. Un se wunnern sik, wonem de wull herkamen is, un wecken seggen, dar is keen Glück bi, un all hebben se en gediegene Geföhl un sünd sik eenig, dar kümmt nix Gudes vun.

Un as de Eddelmann dat Wunnerwarken hört, do is he natürlich an meisten bang' vun all, un he fangt an un gruveln, wat he kann de Swatte to doon geven, dat de em man ut de Klauen lett. Un do fallt em in, he hett mal hört, een Deel kann de Düvel nich klaar kriegen: en Reep maken vun Sand ut de See. As nu de Swatte an'e neegste Dag henkümmt na em un seggt, he hett sin Arbeit daan un he schall nu mit em kamen, anners mutt he em en nüe Arbeit geven – do seggt de Eddelmann, he kann sehn, mit em is dat ut. „Man", seggt he, „ik wull nich geern lebennig mit di gahn. Un di is't doch sachs eendoont, wat ik nu gah doot mit oder lebennig?"

„Nix dar", seggt de Düvel, „länger kann ik nu nich töven."

Dat schall he uck gar nich, seggt de Eddelmann, he schall em blots eerst um de Eck bringen, ehr dat he em mit sik nimmt.

„Mit Vergnögen", seggt de Düvel.

„Man du mußt mi toseggen", seggt de Eddelmann, dat ik mi kann en bestimmte Aart vun Dood ut-söken."

„Mienetwegen en half Dutz", seggt de Düvel.

„Nett vun di", seggt de Eddelmann, „denn wull ik geern uphängt warrn mit en Reep, wat is maakt ut Sand vun'e See", seggt he un kickt de Swatte dar bannig plietsch bi an.

„Heff ik ümmer bi mi", seggt de Düvel, „dat ik min Frünnen to Gefallen we'n kann", un richtig, he haalt so'n Reep ut de Tasch.

„Du wullt mi woll vernarrholen", seggt de Eddelmann un ward so witt as de Wand.

„De Narr büst du", seggt de Düvel mit en gresige Lachen.

„Dat's doch keen Sand-Reep", seggt de Eddelmann.

„Och, meenst nich?" antert de Düvel un haut em mit dat Enn vun't Reep dwars oever't Gesicht, un de Sand – dat is nämlich würklich ut Sand we'n, dat Reep – de Sand, de geiht em in't eene Oog, un dat deit so weh, em kaamen de Tranen.

„Dat geiht oever allens, wat ik sehn un hört heff", seggt de Eddelmann, „gifft dat denn nix, wat du nich kannst?"

„Nix, wat du mi anschünnen kunnst", seggt de Swatte, „kannst dat Snacken man nalaten un foorts mitkamen."

„Giff mi noch een Schangs", seggt de Eddelmann.

„Hest du nich verdeent", meent de Düvel, „man minetwegen." Denn süh, he hett ja man mit em spelen un em en beten quälen wullt.

„Fein", seggt de Eddelmann un fraagt, um he kann en Fruunsminsch ehr Tung darto bringen un stahn still.

„Wenn't wieder nix is", seggt Musch Urian.

„Guut", seggt de Eddelmann, „seh to, dat min Fruu för de neegste Maand swiggt still, un ik gah mit di."

„De schall di nich wedder argern", seggt de Anner, un in't sülvige hört de Eddelmann en Bölken un Schrien, un de Dör vun sin Stuuv ward upreten, un sin Dochter kümmt in, fallt em to Föten un vertellt em, ehr Mudder is jüst doot umfullen.

As de Dör upgahn is, is de Düvel gau achter en grote Lehnstohl huscht un hett sik dar verstaken. Un de Eddelmann verleert meist de Verstand, wiel dat sin Fruu doot is – un denn de Gefahr, 'nem he sülven in is. He ward ja nu na sin Deeners klingeln, dat de sin Dochter wedder schoe'n to sik bringen – se is ja beswiemt – un do will he mit ehr ut de Dör. Man de Düvel kriggt em bi de Rockslippen faat, un he mutt mit ansehn, wo de Deeners sin Dochter alleen rutdrägen, un de Dör achter se tomaken.

„Na", seggt de Düvel un grient un wackelt mit de Steert, as wenn en Hund sik hoegen deit, „wat seggst nu?"

„Oh", seggt he, „laat mi noch Tiet, bet ik min Fruu inkuhlt heff, denn will ik mit di gahn, du Hallunk."

„Seh to din Wöör", seggt de Düvel, „du schu'st man leever uppassen, wat du seggen deist. Dat schickt sik nich för en Eddelmann un un vergeten sin gude Maneern."

Na, ik will dat kort maken, de Düvel laavt em dree Daag Respiet un deit so, as dä he dat ut Fründschop. Man in Würklichkeit hett de Eddelmann, as sin Dochter beswiemt is un he so daan hett as wenn he ehr wull dat Kleed an'e Hals upmaken, do hett he heemlich ehr Halsked an sik nahmen, un dar is en lütt demanten Krüüz an we'n, un solang' as he dat bi sik hatt hett, hett de Düvel em ja nich anfaten kunnt.

De stackels Eddelmann truert ja nu bannig um sin dode Fruu, un dat gifft en grote Gräffnis. Un dar ward seggt, as de Liek is utsegent wurrn, do hett he sik dat bannig to Harten nahmen, un Gotts Woort hett toletzt doch na sin Hart hen funnen.

Na, kort seggt, dat Enne is we'n, he sitt de ganze dree Daag, de de Düvel em Respiet geven hett, de sitt he un lest in de Bibel. Un he günnt sik nich Natt noch Dröög, sitt blots un lest un lest in't hillige Book. Ganz alleen sitt he in en Stuuv in't Achterhuus, un nümms dörf em stören. Sodennig versöcht he un maken sin Hart fast mit de Wöör vun't Leven. Un dar is uck jichens wat, dat gifft em Tovertruun, liekers em nich licht um't Hart is, as de dree Daag to Enne gahn un de Tied neeger kümmt, dat de Swatte kamen schall. Wat en Wunner! Un de dree Daag gahn hen as nix, un do sitt he deep in de Nacht un lest un lest ümmer gauer. Mitmal tickt em een up de Schuller, he fahrt arig tohööcht.

„Oh, verdori", seggt he un is bang un kieken hooch, „keen is dar?"

„Ik bün't", seggt de Swatte un steiht liek vör em mit Ogen as glöhnige Koehlen un gluupt em dör un dör un seggt, mit en Stimm, dat de Eddelmann meist dat Hart bassen will, „Kumm!" seggt he.

„Noch een Dag!" seggt de Eddelmann.

„Nich een Stünn!"

92

„En halve!"

„Keen Viddel!" seggt de Düvel mit en bitter Lachen. „Laat nu man din Lesen na un kumm mit!"

„Man en paar Minuten!" bedelt de Eddelmann.

„Laat man din Droehnsnack na, du tücksche ole Sünner", seggt de Satan, „du weetst genau, du büst an mi verköfft mit Liev un Seel, un en schöne Fang heff ik mit di maakt", seggt he, „du ole Aas! Du kümmst nu foorts mit!" Un he streckt sin Klauen na em ut. Man de Eddelmann höllt de Bibel fast in beide Hänne un seggt, he schall em doch man noch en lütte Ogenblick Tied geven, man blots so vel, bet dat Licht utbrennt is, dat dar noch fluckert in de Lamp, ehr dat dat utgeiht.

„Na, denn mienetwegen, du ole Bangbüx", seggt de Düvel un spütt em in't Gesicht.

Man de stackels Eddelmann hett nich een Ogenblick verlaren, he is plietsch we'n bet to de letzte Minut. He langt sik de fluckern Lichtstummel ut de Lüchter, sett 'n up de Bibel vör sik, klappt de Deckel to un löscht sodennig dat Licht ut. Do bölkt de Düvel up as en Bull un verswinnt in en Füerblitz, un de stackels Eddelmann beswiemt in sin Loehnstohl. Man de Deeners hebben de Larm hört – de Düvel hett ja dat ganze Dack mitnahmen – un kamen rinstörmen un halen de Eddelmann wedder to sik. Vun de Dag an is he en ganz anner Keerl we'n, un he hett sik elkeen Dag ut de Bibel vörlesen laten. Sülven hett he nich mehr lesen kunnt, he is up beide Ogen blind we'n – up dat eene Oog vun de Sand vun dat Reep, up dat anner vun de Düvel sin Spütt.

De Wulf sin Glücksdag

De Wulf, de hett sik een Morrn mal up sin Lager reckt un streckt, un do smitt de Sünn jüst ehr Schien up em. Jüst in de Momang kümmt de Voss dar vörbi, un do seggt he to de Wulf, he ward de dare Dag nix as Glück hebben. Warum dat, fraagt de Wulf. Ja, seggt de Voss, de Sünn, de hett ehr Schien up em smeten, as he sik reckt un streckt hett. Och, seggt de Wulf, eegens wull he ja de Dag gar nich weggahn, man wenn dat so is, denn will he man doch gahn.

Un do kümmt he bi un löppt dör't Holt, un dar bemött he twee Deeven, un elk vun de slept en Specksiet. Do sehn se de Wulf, un se smieten dat Speck vun sik un neihn ut. De Wulf rüükt an de Specksieden un seggt to sik, de Voss hett doch warraftig recht hatt, vundaag hett he nix as Glück, so'n schöne Speck. Man, denkt he, wokeen itt denn so fröh an'e Morrn Speck; denn hett 'n ja de ganze Dag bannige Dörst.

Un so löppt he wieder un kümmt up en Weid. Dar süht he en Toet mit ehr Fahlen. Süh, denkt he, dat is beter, un he seggt to de Toet, he hett vundaag nix as Glück, un darum will he nu ehr Fahlen vertehren. Jo, seggt se, dat is ehr ganz na de Mütz, un dat is ja en Ehr för ehr, dat so'n hoge Herr will ehr Fahlen vertehren, man um he ehr nich eerst will en Gefallen doon, fraagt se. Se hett hört, seggt se, he is so'n hoochstudeerte Dokter. Nu hett se sik in ehr rechte Achterfoot so'n eklige Splidder inpedd't, un se is al bi *de* we'n un bi *de*, man keeneen hett ehr helpen kunnt. Um he nich will so guut we'n, seggt se, un ehr vun de dare Wehdaag afhelpen. Do denkt de Wulf, en hoochstudeerte Dokter, dat hett he noch gar nich wusst vun sik, man de Toet wurr doch sachs nich so snacken, wenn dar nix an weer. Un do seggt he, se schall doch mal wiesen un geiht neeger ran. Do böhrt de Toet ehr Been, un as he so recht tokieken will, do neiht se em een vör de Kopp, dat he in Amidaam fallt. Un denn knippt se ut mitsamt ehr Fahlen.

De Wulf kümmt denn wedder to sik un is bannig vergrellt, dat de Toet em so anföhrt hett. Man denn denkt he, wat schall dat uck un geven sik as hoochstudeerte Dokter ut, wo he doch gar keen is. Un denn föhlt he mal sin Kopp un markt, dar is nix twei. Man de Voss hett ja seggt, he hett vundaag nix as Glück, dat ward al beter kamen, denkt he. Un nu dücht em, he hett al arig Hunger. He draavt wieder un kümmt na en Moehl. Dar süht he en Soeg mit ehr Farkens. Un he denkt, dat passt. Un he seggt to de Soeg, he hett vundaag nix as Glück, un darum will he ehr smuckste Farken vertehren. O, seggt se, dat freut ehr, un se süht dat as en grote Ehr an, dat so'n grote Herr will ehr smuckste Farken vertehren. Man he schall doch man en lütte Ogenblick töven, seggt se, dat Farken is ja so schietig un missig, un dat passt sik doch nich för vörnehme Lüüd. Se will 'n em man recht rein waschen, as sik dat för so'n vörnehme Herr schickt. Na, denkt de Wulf, he en vörnehme Herr, dat hett he uck noch nich wusst, man wenn se dat seggt ... Un he seggt, se schall 'n man waschen. Un do klabastert de Soeg mit ehr Farkens na de Bek rin, un se swümmt ümmer neeger na de Moehl ran, un een, twee, dree is se in de Moehl verswunnen. As de Wulf dar achter kümmt, dat se em mitsamt ehr Farkens utneiht is, do is he bannig vergrellt, dat se em so anföhrt hett. Man he seggt to sik sülven, dar

hett em ja nümms heeten un geven sik för en vör-
nehme Herr ut, wo he doch gar keen is. Nu hett de
Soeg, so'n dumme Kreatur, em bedragen. Un em
dücht, nu hett he al bannige Hunger, man he meent,
en lütte Stoot hollt he dat sachs noch ut, de Voss, de
hett ja seggt, he hett vundaag nix as Glück, dat ward
al beter kamen.

Un so löppt he wieder un kümmt up en Feld, un dar
süht he twee Zegenbücke, de stöten sik man so. He
denkt bi sik, Buckfleesch, dar hett he eegens keen
rechte Aptiet to, man de Hunger knippt em nu doch
bannig. Un so seggt he to de Zegenbücke, he hett
vundaag nix as Glück, un darum will he een vun se
vertehren. Ja, seggen se, dat is se bannig recht, un
se reken sik dat as hoge Ehr an, dat so'n grote Herr
will een vun se vertehren. Man eerst schall he doch
so guut we'n un doon se en Gefallen. Se hebben hört,
he is so'n hoochwiese Richter, un se hebben jüst en
Prozess um dat dare Feld, un se sünd al bi *de* we'n
un bi *de* un halen sik Raat, man bet nu hett se noch
nümms up'e rechte Weg bringen kunnt. Um he nich
will so guut we'n, fragen se, un dat afmaken, wokeen
dat Feld hebben schall. He schall sik man in'e Mitt
vun dat Feld dalsetten, seggen se, un se woe'n elk an
een Enne gahn, un de denn toeerst bi em is, de hett
wunnen. Sodennig kriegen se denn doch vör se's
Dood noch to weten, wokeen dat Feld tohören deit.
De Wulf harr an leevsten foorts een vun de beiden
oeversluckt, man he denkt bi sik, he en hoochwiese
Richter, dat hett he uck noch nich wusst. Un do
seggt he, se schoe'n man lopen un sett sik merrn up
dat Feld dal. Un de Zegenbücke nehmen Anloop
vun't Enne vun't Feld her, un bi de Wulf, dar rasseln

se tohopen mit en Gewalt, dar blifft em de Puust bi weg, un denn neihn se ut.

Na lange Tied kümmt de Wulf sik wedder so'n beten, un do is he ganz gewaltig vergrellt, dat de Zegenbücke em sodennig anscheten hebben. Man he seggt to sik sülven, wat schull dat denn uck un geven sik as wiese Richter ut, wo he doch gar keen is. Un denn dücht em, he hett ganz gewaltig Smacht, un he seggt, he will man wieder gahn, de Voss hett ja seggt, he hett vundaag nix as Glück, dar ward sachs noch wat Gudes kamen.

Un do sliekert he wieder un kümmt an en grote frie Flach. Do ward he en ganze Koppel Schaap wies in en Schaaphock, un keen Schäper un keen Hund darbi. Do denkt he, dat is guut, un he seggt to de Schaap, he hett vundaag nix as Glück, un darum will he een vun se vertehren. Ja, seggen se, dat is se bannig leev, dat he will een vun se vertehren, un se reken sik dat as en grote Ehr an vun so'n grote Herr. Man um he se nich eerst will en Gefallen doon, seggen se, se hebben hört, he is so'n bannig gelehrte Vörsänger, un se koenen un koenen sik nich eenig warrn, wokeen se's nüe Kanter we'n schall, se's smuckste Buck is se dootbleven, seggen se, un se hebben al allerwegens fraagt, man nümms singt se smuck nugg. Um he as gelehrte Vörsänger se nich helpen kann, fragen se. De Wulf hett ja twaars bannig Smacht, man he denkt, he en gelehrte Kanter, dat hett he uck noch nich wusst, man wenn dar nix an weer, denn so wurrn de Schaap dat ja nich seggen. Un do seggt he, se schoe'n man uppassen, un denn klarrt he up de Schäper sin Hütt un dar swenkt he mit grote Eernsthaftigkeit de eene Foot, dat se sehn koenen, wodennig he de Takt angeven deit. Un denn fangen de Schaap an un bölken ut vulle Hals, un de Wulf huult darto, un do löppt dat heele Dörp un all de Hünne tohopen. Un he is graad in't schönste Singen, do kriggt he een oeverneiht, he fallt man so dal vun de Hütt. Un denn fangen de Hünne an un tasen em, un de Lüüd kamen bi un hau'n un steken em mit Knüppels un Stangen un Forken, he kümmt man mit naue Noot weg un blifft in en Kratt liggen, un he is vun all Sieden verwunnt un tweislaan.

As he dar nu liggt un günst, do is he gewaltig ver-grellt, dat de Schaap em sodennig anscheten hebben. Man he seggt to sik sülven, wat schull dat uck un geven sik ut för en gelehrte Kanter, wo he doch gar keen is. Nu hebben em de Schaap bedragen, de allerdümmsten vun de Deerten. Un em dücht, he is an't Verhungern. Un do seggt he, he hett ja noch dat Speck, dat is uck noch en gude Avendbroot. Ünner-wegens mutt he ümmer mal wedder Föfftein maken, man toletzt kümmt he dar hen, 'nem he de beide Deeven verjaagt hett. Man do hett de Voss al dat ganze Speck wegslept.

Peter Kreih sin Fruu

Peter Kreih sin Fruu is lange Jahren mit en Lieden behaftet we'n, keeneen hett wusst, wat dat we'n is. Se is krank we'n un is doch nich krank we'n. Se is risch we'n un is doch nich risch we'n. Se is ehr Mann en gude Fruu we'n un is em doch keen gude Fruu we'n. Keeneen hett klook kriegen kunnt, wat mit ehr loswe'n is. Dar hett wat an ehr Hart freten, un dat is ehr Mann hart ankamen. Nix hett helpen wullt. Un se is ümmer smaller un blasser wurrn un hett nix eten mucht. Keen Lammfleesch, keen Ossenfleesch, nich dat beste Swienfleesch. Nich mal de Kantüffeln hett se anroegen mucht. Eendoont, um dat nu en Stück Braden oder en Kantüffel mit en beten Solt we'n is, nix hett ehr smecken wullt. Blots een Deel hett ehr trösten kunnt: Lang' wurr dat nich mehr duern mit ehr, lang wurr se ehr Mann nich mehr to Last fallen. Denn dat is ja klaar, ahn Eten un Drinken kann de Minsch ja nich bestahn.

All de Dokters hebben ehr nich helpen kunnt, un Peter Kreih hett sin Mars hatt un besnacken ehr to un eten wat. Nu is al dat soevente Jahr to Enne gahn, dat is Harvst we'n. Un do liggt se bi dat Füer un jammert oever sik sülven, do kümmt dar en lüerlütte Fruu rin in en rode Kleed un sett sik dal bi dat Füer un seggt:

„Na, Katrin Kreih, du liggst nu ja al lang up de Rügg, un an beter warrn is ja nich to denken."

„Ja", seggt se, „dar denk ik uck jüst an, un dat maakt mi Kummer."

„Man dat is din eegne Schuld", seggt de lütte Fruu, „un dat is din eegne Schuld, dat du oeverhaupt büst sodennig vun de Fööt kamen."

„Woso dat?" seggt Katrin. „Wenn ik dar wat an doon kunn, denn weer ik doch nich hier. Meenst, dat is en Spaaß un liggen elkeen Dag hier up'e Rügg?"

„Nee," seggt de anner, „dat meen ik nich. Man ik will di reine Wien inschenken: De letzte soeven Jahr hest du *uns* argert. Ik bün een vun de Lütte Lüüd, un ik mag di geern lieden, un darum will ik di vertellen, warum du al so lang krank büst. Denk mal na: Solang as du krank büst, hebben din Kinner ümmer na Schummertied un vör Sünnenupgang din Nachtputt vör de Döör kippt, ümmer jüst denn, wenn wi an din Döör vörbikeemen. Dat doon wi tweemal elkeen Dag. Hol up darmit, kipp dat en anner Stä' hen un to en anner Tied, denn so kümmst du wedder up'e Beens un di geiht dat guud as al lang nich mehr. Nimmst du min Raat nich an, denn so bliffst du krank un keen Minsch kann di helpen." Un denn seggt se adjüs un geiht weg.

Katrin is blied, dat se so eenfach kann kureert warrn, un se deit foorts, wat de Ünnereerdsche ehr raden hett. Un de neegste Dag kann se upstahn vun ehr Bett, un dat geiht ehr beter as ehr dat jichens gahn hett.

Süster un Bruut

Dar is mal en König we'n, de hett so'n bannig smucke Süster hatt. Nu hett he uck geern heiraden wullt, man he hett keen Königsdochter finnen kunnt, de jüst so smuck we'n is as sin Süster. Do seggt de Süster, se will sehn, um se kann en smucke Bruut finnen för em, un do reist se afste' dör allerhand Länner.

Nu is se al lang' ünnerwegens we'n un is dör en Barg Länner reist, do kümmt se in en Holt an so'n lüer- lütte Kaat, dar sitt en Deern binnen an't Finster un wevt, un de is bannig smuck. Dat fallt ehr up, un se markt foorts, dat is de Deern, de ehr Broder sin Fruu warrn schall, un nümms anners. Do geiht se rin in de Kaat un seggt gu'n Dag to de Deern, un se moegen sik beid foorts lieden. De Königsdochter ver- tellt nu de Deern, warum se up Reisen is, un se seggt, nu hett se de Bruut för ehr Broder funnen: ehr, un se schall man foorts mit ehr kamen. Do freut de Deern sik, un se will uck geern ehr Broder sin Fruu warrn, man eerst mutt se noch dat Linnen up'e Wevstohl ferdig weven, un denn, seggt se, ehr Mud- der is en Hex, un de lett ehr nich gahn, dar kriegen se noch en Barg Maleschen mit. Nu is se nich to Huus, seggt se, man se kann dat marken, se is man blots noch dörtig Mielen af, un wenn se de Königs- dochter dar finnt, denn so murkst se ehr af. Se will ehr man to en Stück Koehl maken, seggt se, denn so finnt se ehr nich. Un dat deit se denn un leggt ehr mang de anner Koehlen bi de Aben.

As nu de Mudder kümmt, do rüükt se ja foorts, dar is en Minsch in't Huus, man de Dochter snackt ehr dat ut un seggt, dat is ja heel un deel unmoeglich, dat dar en Minsch kümmt in de dare Wildnis. Un do lett de Oolsch sik begööschen. De anner Dag haut se wedder af un geiht ehr Geschäften na, un do maakt de Dochter dat Stück Koehl wedder to de Königsdochter, un do gahn de beiden bi un weven flietig, dat se man ferdig warrn. Man as de Hex wedder an't Huus kümmt, do markt de Dochter dat ja, un do maakt se de Königsdochter to en Arft un deit de to de annern Arften in en Putt. De Oolsch dücht nu wedder, dat rüükt na Minschenfleesch, man de Deern seggt, dat kann ja gar nich angahn. Se hett Hunger, seggt de Hex, um ehr Dochter nich hett wat to eten för ehr. Ne, seggt de Deern, nix as de dare rohe Arften. Do geiht de Oolsch bi un fritt se meist all up, dar blieven man blots dree Stück na, un een darvun is de Königsdochter.

An de drüdde Dag geiht de Oolsch wedder weg, un do maakt de Deern de Arft wedder to de Königsdochter, un denn gahn se bi un weven, un upletzt hebben se dat Stück Linnen ferdig, un do maken se sik up'e Padd na de Königsdochter ehr Land. Man de Hex ehr Dochter nimmt noch en Kamm mit, en Börst un en Ei. As de Oolsch nu na Huus kümmt, do kann se ja ehr Dochter narms finnen, un do markt se foorts, wat dar los is. Un denn se ja foorts achter de beiden ran. Nu hebben de beide Deerns dar ja mit rekent, un se hebben sik ümmer umkeken, un up eenmal warrn se dat wies, de Oolsch kümmt würklich achter se ran, un se kümmt ümmer neeger.

As se al ganz dicht bi se is, do smitt de Dochter de Börst achter sik, un do ward dar foorts en dichte Holt ut, dar kann keeneen dör. Nu mutt de Oolsch eerst wedder na Huus trügg un halen en Äx, dat se sik en Stieg dör dat Holt hauen kann. As se dat klar hett, will se de Äx ünner en Busch leggen, man do hört se en Vagel, de singt, dat 'n will uppassen, wonem se de Äx henleggen deit, un denn will 'n sik de weghalen. Nee, seggt de Oolsch, dat schall 'n ja nich, un do löppt se eerst nochmal na Huus, dat se de Äx dar verwahren kann. Un denn dat wedder achter de Deerns ran. Nu hett se ja vel gröttere Schred maken kunnt as jichens en Minsch, un so is se bald wedder so dicht achter se, se moeten bang' we'n, se kriggt se faat.

Do smitt de Deern de Kamm achter sik, un boots! stahn dar Bargen un grote Steens up, dar kann keen Minsch roeverkamen. Nu mutt de Oolsch eerst wedder na Huus un halen en Spaa. Toletzt hett se sik denn en Weg graavt, un do will se de Spaa ünner en Busch leggen, man do is de Vagel wedder dar un singt, 'n will uppassen, wonem se mit de Spaa af-blifft, un denn will 'n sik de dar weghalen. Do mutt de Hex denn ja eerst wedder na Huus un verwahren de Spaa. Un as se dat drütte Mal wedder ganz dicht achter de Deerns is, do nimmt de Dochter dat Ei un smitt dat achter sik, un do ward dat to en grote See, de is tofraren, un dat Ies is speegelglatt. As de Oolsch dar nu roever will, do fallt se un brickt sik Hals un Beens. Do koenen de Deerns geruhig wie-dertrecken.

As se denn in dat Land kamen, 'nem de Königs-dochter to Huus is, do kamen se toletzt na dat Slott, 'nem de Königsdochter ehr Broder in wahnen deit. Do maakt de Hex ehr Dochter sik un de Königsdochter to twee Duven. Sodennig leven se en paar Daag in de König sin Koornfeld.

Nu geiht de König sin Deener mal dör dat Feld, un do hört he, dar is en Duuv, de singt, se is de König sin Süster, se is dör Länner reist för un finnen em en Bruut, un de is uck dar. De Deener vertellt dat ja foorts de König, un de schickt en anner Deener hen, de schall nakieken, um dat uck wahr is. Ja, seggt de, as he t'rüggkümmt, dat stimmt. Do geiht de König sülven hen, un he hört uck de Wöör vun de Duuv, un he ward bannig trurig, dat de Deerns sünd to Vageln wurrn, man liekers kümmt he bi un fangen se.

Mit vel Ackewars kriggt he dat t'recht, un do warrn de Duven foorts to twee Deerns. Man de beiden sehn sik so liek, de König kann nich sehn, wokeen is de Süster un wokeen de Bruut. Do kann dat ja eerstmal nix warrn mit de Hochtied. Dat maakt de König bannig trurig.

Mal geiht he so recht bedröövt dör de Stadt, do bemött he en Slachterfruu, de fraagt em, warum he so benaut is. Do vertellt he ehr dat, un dat he al so lange Wuchen töövt hett, man he kann un kann Süster un Bruut nich ut'nannerholen. Oh, seggt se, dar is Raat för. He schall man en Swiensblaas nehmen mit Bloot in – dat kann he bi ehr kriegen, se is ja en Slachterfruu – un de schall he up jichens en Aart up sin Bost fastmaken. Un denn schall he sik recht trurig un vertwiefelt anstellen un schall en Mess nehmen un so doon, as wull he sik dootsteken. Wenn de Deerns denn dat Bloot sehn, denn so kamen se na em henstört't, un denn is de Süster bi sin Kopp un de Bruut em to Föten. Dat deit de König, un

104

as de Bruut nu to sin Föten mit em togang' is, do steiht he up un hollt ehr fast un vertellt de beiden warum he se hett so bang maakt. Do nehmen se beid wedder se's richtige Gestalt an, un do sehn se sik meist liek, man een kann se doch ut'nanner kennen. Nu gifft de König denn Hochtied mit sin Bruut, un se leven lange Jahren glücklich mit'nanner.

Jakob Frees un de Daam

Dar is mal en lütte Dörp we'n, dar hett en Jungkeerl wahnt, de hett Jakob Frees heeten. He hett dar wahnt mit sin Mudder, de is Wittfruu we'n, un Jakob hett för ehr sorgt un arbeit't. Elkeen Sünnavend hett he dat Geld, wat he verdeent hett, bi ehr aflevert, un denn hett se em en halve Gröschen weddergeven för Toback.

Sin Navers hebben seggt, he is de beste Soehn, de 'n sik denken kann; man he hett noch anner Navers hatt, de hebben seggt, he is doesig. De dare Navers hebben ganz dicht bi em wahnt, man he hett se nie nich sehn, un so'n Navers wiesen sik uck nich faken, blots de Avend vör Maidag un to Allerhilgen.

Dicht bi dat Dörp is en ole, verfullene Slott we'n, un de Lüüd hebben seggt, dar wahnen de Ünnereerdschen. Elkeen Jahr to Allerhilgen is dar Licht achter de ole Finstern we'n, un wenn een dar vörbigahn is, hett een de Lütte Lüüd dar binnen danzen sehn un Musik hört. De Lüüd hebben all wußt, dat de Lütte Lüüd dar Festen fiern, man keeneen hett de Kraasch hatt un gahn dar hen.

Jakob hett faken vun wieden tokeken un hett de feine Musik hört, un he hett sik ümmer wedder fraagt, wodennig dat dar binnen woll utsehn mag. Toletzt sett he sik een Allerhilgen de Mütz up un geiht na sin Mudder un seggt, he will hen na dat ole Slott un sehn, um he kann sin Glück maken.

Do verjagt se sik un seggt, he schall dat nalaten, he as en Wittfruu ehr eenzige Soehn. He schall nich so dummdriest un doesig we'n, seggt se, se maken em man doot, un wat schall se denn maken? Man Jakob meent, se schall man nich bang' we'n, em passeert al nix, man hen mutt he.

He denn ja los oever de Kartüffelacker, bet he dat Slott sehn kann. Do is dar helle Licht achter de Finstern, de Harvstbläder, de noch an de Appelböme hängen, lüchten as Gold. In de ole Appelhoff blangen dat Slott blifft he stahn un hört de Remmidemmi vun de Ünnereerdschen, dat Lachen un Singen, un do geiht he dar rin. Do danzen dar en Masse Lütte Lüüd, de gröttsten vun se nich grötter as Kinner vun en Jahrener fiev. Annern sitten un freten un supen.

As se em wies warrn, ropen se „Willkamen, Jakob Frees!", un dat dare Woort löppt wieder, un toletzt röppt elkeen Stimm in dat ole Slott „Willkamen, Jakob Frees!" De Tied, de löppt, un Jakob amesseert sik mächtig. Do seggen se upmal to em, se woe'n na Hamborg rieden un en junge Daam stehlen, un se fragen em, um he mit will. Jo, seggt he, dat will he geern.

Do steiht dar en Flock Perde vör de Dör. Jakob stiggt up een rup, un do stiggt sin Perd mit em to Hööcht in de Luft. Foorts geiht dat los oever sin Mudder ehr Kaat mit all de Ünnereerdschen um em rum, un ümmer wieder geiht dat oever Wischen un Feller, oever de Slie, oever Städte un Dörper, un Jakob dücht dat meist, as fleegen se eenmal um dat ganze Land, ehrer dat se na Hamborg kamen.

„Dar is Rendsborg", seggt een vun de Lütten, un all de annern seggen dat na: „Rendsborg! Rendsborg! Rendsborg!" So geiht dat bi elkeen Stadt up de Weg, un toletzt hört he se ropen: "Hamborg! Hamborg! Hamborg!"

Dat is keen vun de lütte Hüser, 'nem de Ünnereerdschen anholen, dat is een vun de smucksten an'e heele Jumfernstieg. Dicht bi en Finster stiegen se dal vun se's Perde, un do süht Jakob dar binnen en smucke Gesicht up en Küssen in en heel feine Bett. Un he süht, wodennig se de Deern upböhren un wegdrägen. Un 'nem se legen hett, dar leggen se en Knüppel hen, un de süht foorts jüst so ut as de Deern. De Deern sülven kümmt vör een vun de Rieders up't Perd, un na en lütte Stück kümmt se bi en anner up't Perd, un dat umschichtig ümmer so wieder, un so geiht dat t'rügg darhen, 'nem se herkamen sünd.

Se sünd al dicht bi sin Huus, do seggt Jakob, se hebben all de Deern up se's Perd hatt, um he dat nich uck mal schall. Jo, seggen se, dat kann he geern. Do hollt Jakob ehr fast, un dat piel dal vör sin Mudder ehr Dör. Do warrn de Ünnereerdschen ja dull un gahn uck dal vör de Dör.

Jakob hollt fast, liekers he nich recht weet, wat he dar in sin Arms holen deit. De Ünnereerdschen maken de Deern to allens Moegliche. Denn is se en Hund, de bellt un will bieten; denn en glöhnige Isenstang, man hitt is'n nich; un denn is dat wedder en Sack Plünnen. Man Jakob hollt ehr wiß, un upletzt dreihn de verbaaste Ünnereerdschen bi, do seggt so'n lüerlütte Fruu, Jakob schall keen Freud an de Deern hebben, se will ehr doof un stumm maken, un darmit smitt se jichenswat up de Deern.

Denn rieden se weg, un Jakob geiht in't Huus. Sin Mudder will nu ja weeten, wat se mit em maakt hebben – he is ja de heele Nacht weg we'n – man he beruhigt ehr un seggt, se hebben em nix Böses daan, un denn wiest he ehr de Deern, de he mitbröcht hett. Do verfehrt se sik rein, man Jakob seggt, he kunn ehr doch nich bi de Ünnereerdschen laten. Sin Mudder meent, so'n Daam, de kann doch nich so armselig leven, as se dat doon, man he meent, dat is beter dar bi se as in dat dare ole Slott.

Bi lütten fangt de Deern an un schuddern in ehr beten Nachttüüg, un se geiht dicht an dat lütte Torf-füer ran. Do deit se de Oolsch leed, un se meent, de Deern mutt eerstmal wat hebben un trecken an. Un do haalt se ut ehr Kamer ehr bruunwullene Sünn-dagskleed, un ut en Kommoodschuuv en paar witte Strümp, en lange witte Hemd ut Linnen un en Huuv, ehr Dodentüüg, as se dat nöömt. Dat hett dar al lang praat legen för de Dag, wenn se vun de Welt mutt, un is blots af un an mal lüft't wurrn. Man nu gifft se dat geern för se's smucke Besöök. De Deern kickt heel verbiestert vun de eene na de anner. Man se lett sik antrecken un denn sett se sik in'e Eck un sleit de Hänne vör't Gesicht.

Wodennig se denn so'n Daam ünnerholen schoe'n, jammert de Oolsch, man Jakob seggt, he will för se beid arbeiten. Un he hollt Woort. De Deern is lange Tiet bannig trurig, un faken, wenn de Oolsch abends sitt un spinnt un Jakob maakt Fischernetten – de hett he sik nu toleggt, dat he sin Gast beter versor-gen kann – denn lopen ehr de Tranen de Backen dal. Man se is ümmer nett, un wenn se süht, se kieken ehr an, denn versöcht se un lachen. Un mit de Tied wennt se sik uck an se's Leven, se fodert de Swiens, se maakt Höhnerfutter t'recht, un se knütt blauwullene Strümp.

Sodennig geiht een Jahr rum, un dat ward wedder Allerhilgen, un do seggt Jakob to sin Mudder, he will na dat ole Slott roever, seggt he, un maken sin Glück. Do meent sin Mudder, he is ja wull unklook, se maken em wiß doot, wo he se letztes Jahr so anföhrt hett. Man Jakob kehrt sik dar nich an un geiht los.

As he in de Appelhoff kümmt, do süht he al wedder dat Licht, jüst so as anner Jahr, un he hört se luud snacken. Do sliekert he sik ünner dat Finster, un do hört he se seggen, dat he se vörig Jahr ja bannig anscheten hett, as he se hett de Deern stahlen. Ja, seggt de lüerlütte Fruu, man se hett em uck straaft darför, de Deern sitt dar nu blangen sin Füerstä' un is so stumm as en Stück Holt. He schull man weeten, seggt se, dat dree Drüppen ut dat Glas in ehr Hand langen wurrn un geven ehr Spraak un Hören trügg.

Do geiht Jakob rin, un sin Hart klabastert as dull. As he rinkümmt, ropen se wedder all: „Willkamen!" As de Radau en beten weniger ward, seggt de lüerlütte Fruu, Jakob schall up se's Gesundheit drinken ut dat Glas in ehr Hand. Do kriggt Jakob dat Glas faat, un denn he piel rut ut de Dör un hen na Huus. Wodennig he dar henkümmt, dat weet he gar nich, man he stört't rin na de Kaat un sackt eerstmal dal up en Schemel bi't Füer.

Na, meent de Oolsch, nu is dat ja woll to Enne mit em, man he seggt, dütmal hett he noch mehr Glück hatt as anner Jahr. Un denn gifft he de Deern dree

110

Drüppen vun dat, wat dar noch in't Glas bleven is bi sin Klabastern oever de Kartüffelacker. Do fangt de Daam an un snackt, un toerst seggt se Jakob velen Dank. Un nu hebben de dree so vel to snacken, se sünd noch bi as de Hahn al kreiht hett un de Musik in dat ole Slott verklungen is.

Do seggt de Deern to Jakob, se schall em Dinte un Fedder herkriegen, dat se an ehr Vadder schrieven kann, wodennig ehr dat geiht. Un denn schrifft se en Breef, man dar gahn Wochen hen, dar kümmt keen Breef wedder. Do schrifft se nochmal un nochmal – man nix. Toletzt seggt se, Jakob schall mit ehr na Hamborg gahn un finnen ehr Vadder. Tjä, seggt he, he hett man keen Geld un schaffen ehr en Waag, un se kann doch nich to Foot na Hamborg gahn. Man se blifft bi, un up't letzt gifft he na un seggt, denn woe'n se man tosamen na Hamborg henlopen. Dat geiht nu ja nich so licht as mit de Ünnereerdschen, man toletzt stahn se vör dat grote Huus an'e Jumfernstieg.

Se trecken de Klingel an de Dör, un do kümmt dar en Deener rut. To de seggt de Deern, he schall ehr Vadder Bescheed seggen, sin Dochter is dar. – De Herr vun dat Huus hett keen Dochter, seggt de Deener. He hett een hatt, man de is vör en Jahrstied storven. Do fraagt se em, um *he* ehr denn nich kennen deit, man nee, seggt he, he kennt ehr nich.

Do seggt se, se will geern mal mit de Herr vun't Huus snacken. – Ja, seggt de Deener, dat kann woll angahn, he will mal sehn, wat he doon kann.

Beten later kümmt ehr Vadder an de Dör, un do fraagt se em, um he ehr nich wedderkennt. Do ward de Oole schimpen, wodennig se dat wagen kann un

111

seggen „Vadder" to em. Se is en Bedrögersche, seggt he, he hett keen Dochter. Do seggt se, he schall ehr doch mal in't Gesicht kieken, denn kennt he ehr doch sachs wedder. – Sin Dochter is doot un begraven, seggt he, se is vör lange Tied storven, un se schall man sehn, se kümmt weg, un he kriggt heel natte Ogen.

Denn schall he sik doch de Ring an ehr Finger an-kieken, seggt se, dar steiht doch sin Naam in un ehr uck. – Ja, seggt he, sin Dochter ehr Ring is dat, man wodennig se dar bikamen is, dat weet he nich, dat is sachs nich up ehrliche Wies we'n.

Denn schall he doch ehr Mudder ropen, seggt de Deern un weent ganz dull, de ward ehr doch wull kennen. – Sin stackels Fruu is bi un oeverkamen ehr Truer, seggt he, se snackt meist gar nich mehr vun ehr Dochter, un he will dat nu nich wedder upröh-ren. Man de Deern blifft bi, un toletzt ward de Mud-der haalt.

Do fraagt de Deern ehr, um *se* denn nich ehr Dochter kennt. – Se hett keen Dochter, seggt se, ehr Dochter is doot un lang' begraven. – Se schall ehr doch man in't Gesicht kieken, seggt de Deern, denn so schall se ehr doch woll kennen. Man de ole Daam schüttkoppt man blots.

Oh, seggt de Deern, se hebben ehr all vergeten. Man se schall sik doch man mal de Plack an ehr Hals ankieken, denn so kennt se ehr doch sachs. – Ja, ja, seggt de Mudder, so'n Plack hett ehr Gesa uck hatt, man denn hett se ehr sülven in't Sarg liggen sehn, un denn is de Deckel tomaakt wurrn.

112

Nu mengeleert Jakob sik denn in un vertellt de Ge-
schicht vun sin Reis mit de Ünnereerdschen un wo
de de junge Daam stahlen hebben, un he seggt wo-
dennig as he sehn hett, se hebben en hölten Figur
in't Bett leggt. He vertellt, wodennig se levt hett bi
sin Mudder in sin lütt Dörp, un vun Allerhilgen, un
wo he ehr mit de dree Drüppen erlöst hett. Un as *he*
swiggt, do vertellt *se* wieder, wo fründlich Mudder
un Soehn we'n sünd to ehr.

Do koenen de beiden Olen gar nich nugg wunnerwar-
ken, un as he seggt, he will geern na Huus, do wee-
ten se gar nich, wodennig se em danken schoe'n.
Man do schüht dar wat, dar harr nümms mit rekent:
De Deern will em nich so gahn laten. 'nem Jakob
hengeiht, seggt se, dar will se uck hengahn. He hett
ehr rett't vun de Ünnereerdschen un hett sörre de
Tied för ehr arbeid't. Wenn he nich we'n weer, seggt
se, denn harrn ehr Vadder un Mudder ehr nie nich
weddersehn, un wenn he geiht, seggt se, denn geiht
se uck.

Do seggt de Vadder, Jakob schall sin Dochter to
Fruu hebben. Un do halen se sin Mudder in en veer-
spännige Kutsch, un dat gifft en grote Hochtied. Un
denn leven se all tosamen in dat grote Hamborger
Huus, un as de Ole dootblifft, do arvt Jakob en grote
Barg Geld vun em.

De Ünnereerdschen se's Danzplatz

Dar is mal en Keerl we'n, Hannes Michelsen hett he heeten, de hett sik en Fruu nahmen. Un do mutt dar ja uck en Huus to, 'nem se in wahnen koenen. Na, Hannes hett so'n lütte Buurstä' hatt, so'n söss Morgen, man dar is keen Huus up we'n, un do kümmt he bi un will een buun. Un darmit dat uck arig püük ward, söcht he as Buuplatz een vun de smucke gröne Krinken ut, so een, 'nem vun seggt ward, dat is en Danzplatz vun de Ünnereerdschen. De annern wahrschuun em, man Hannes is en Dickkopp, un bang' is he lang' nich. So'n feine Platz, seggt he, dar geiht he nich vun weg, nich um all de Ünnereerdschen in de Welt. Un so geiht he bi un buut sin Huus, un he kriggt dat richtig fein t'recht. Un do laad't he de Navers in to Finsterbeer, as dat so begäng is. He haalt sin Fruu in't Huus, kriggt sik en Fiedelsmann un düchtig Brammwien, un denn gifft dat Danz up de Del. Dat geiht allens wunnerschön, un se hebben all tohopen bannig Spaaß. Man as dat düüster ward, do hör'n se dar wat, dat hört sik meist an, as wenn dar wecken bi sünd un rieten in de Sparen un Balkens. Do sünd de Lüüd mitmaal heel still un luustern, un do hört een blots noch Knacken un Rieten un Schuven un stoehnen un pusten, as wenn dar dusend Lütte Lüüd bi sünd un rieten dat Dack af.

Un denn seggt dar mitmaal een, se schoe'n sik streven, vör Middernacht moeten se Hannes sin Huus dal hebben.

Dat mag Hannes nu gar nich geern hören, un he markt foorts, he hett dat mit en Fiend to doon, de is sin Oevermann. Un do nimmt he dat Woort un seggt, se schoe'n em doch man düsse Nacht in Ruh laten, denn so will he de anner Dag bigahn un flütten dat Huus. Do hört sik dat an, as klappen dar dusend lütte Hänne, un en Stimm seggt, he schall dat Huus man dar günt twischen de beide Doornbüsche baven de Waterstä' buun. Un so ropen se nochmal Hurrah! un denn hört 'n se afste' lopen, un darna is dat still, un keeneen hett se wedder hört oder sehn.

Man dar is de Geschicht nich mit to Enne. As Hannes de Kuhl för dat Fundament vun sin Huus graavt, do finnt he dar en Putt vull Goldstücken. Un do is he – indem dat he de Ünnereerdschen se's Danzplatz laten hett – teinmal rieker, as he harr warrn kunnt, harr he nix mit de Ünnereerdschen to doon hatt.

Ool Riesenhopp!

Dar sünd mal twee Navers we'n, een riek un de anner arm. Se hebben tosamen en grote Wisch hatt, de hebben se tosamen meihn musst un dat Heu denn deelen.

Man de Rieke hett de Wisch för sik alleen hebben wullt, un do seggt he to de Arme, he will em vun sin Hoff jagen, wenn he nich will en Kuntrakt ingahn, dat de, de an een Dag dat mehrste meihn kann, schall de heele Wisch hebben.

Nu dingt de Rieke so vel Meihers, as he man kann, man de Arme kriggt nich een faat. Toletzt is he ganz vertwiefelt un fangt an un blarrn, he weet nich, 'nem he blots schall en beten Heu för sin Koh herkriegen.

Do kümmt dar en grote Mann bi em an un seggt, he schall man nich trurig we'n, he weet al, wat he doon mutt. Wenn se bigahn un meih'n, denn so schall he man dreemal na'nanner ropen: „Ool Riesenhopp!", denn so ward em dat nich fehlen. Un weg is he.

Do ward de arme Mann dat wat lichter um't Hart, un nu maakt he sik uck keen Sorgen mehr.

Een Dag kümmt nu de Rieke an mit twintig Meihers, un se meihn een Schwadd na dat anner. De Arme geiht gar nich eerst bi un fangen an, as he süht, wodennig de annern tokehr gahn, dar kümmt he alleen ja doch nich gegenan.

Do fallt em de grote Keerl in, un he röppt: „Ool Rie-senhopp!" Man dar kümmt keeneen. Un de Meihers lachen em wat ut un maken Narr na em un meenen,

116

he hett sin Klook nich mehr. Do röppt he nochmal: „Ool Riesenhopp!"

Man keen Riesenhopp lett sih sehn. Un de Meihers woe'n sik meist dootlachen, se koenen se's Leh'n gar nich mehr roegen.

Man do röppt he to'n drüttenmal: „Ool Riesenhopp!"

Un do kümmt dar en gresig grote Keerl mit en Leh, de is so groot as en Mastboom.

Nu is dat ut mit de Spijöök bi de Meihers vun de rieke Buer. As de Grote bikümmt un meihn un wurachen, do kriegen se en bannige Schreck, so abasig geiht he tokehr. Un ehrer se sik dat versehn, hett he al de halve Wisch af.

Do ward de rieke Buer dull un kümmt anrennt un gifft de Ries en Pedd in de Mors. Man dat helpt em nich, blots sin Foot blifft dar an behacken. De Ries markt vun de Pedd nich mehr, as wenn em en Floh steken deit, un he warkelt geruhig wieder.

Man nu oeverleggt de Rieke sik en Dreih, wodennig he loskamen kann, un he gifft de Ries uck noch en Schupps mit de anner Foot. Do blifft de uck behacken, un de Buer hängt dar as en Tek[1]. Un Ool Riesenhopp meiht de heele Wisch to Enne, un denn fahrt he up in de Luft, un de Rieke achtern in't Sleptau mutt mit. So ward de Arme alleen Herr oever de Wisch.

---

[1] Zecke

„Giffst du't to?"

Dar is mal en Smidt we'n, dat is so'n Suupbütt we'n, he hett dat Supen eenfach nich mehr nalaten kunnt. Toletzt hett he sin heele Hoff, sin Sme' un sin Handwarkstüüg dör de Hals jaagt hatt. He hett uck en Fruu hatt, man as se wies wurrn is, dat geiht allens bargdal, do nimmt se, wat ehr tohört, un köfft sik en lütte Huus dicht bi de Stadt.

Toletzt hett de Smidt allens versapen bet up söss Kopperpennings, un do geiht he hen na de Reepsläger un köfft sik en Stück Tau, he will sik upbummeln. De Reepsläger gifft em en arige Stück, wat uck holen deit, un denn geiht de Smidt to Holts un söken sik en passliche Boom. Do kümmt dar en ole Wief mit en Paar swatte Perde vörbifahrt un fraagt em, wat he vörhett. He will sik uphängen, seggt he. Warum dat denn, fraagt se. Jä, seggt he, dat Geld is all; dat ole is versapen un up nües bruukt he nich luern. Do seggt de Hex, darum schall he sik doch man nich uphängen. He schall ehr man dat toseggen, wat sin Fruu jüst nu to Welt bringen schall, denn kann se em helpen. De Smidt oeverleggt eerst noch, man denn seggt he „Ja"; man he will dat eerst föfteihn Jahr behollen. Jo, seggt se, dat kann he, un denn gifft se em en Büdel mit Geld, dat he sik helpen kann.

Do geiht de Smidt hen na sin Fruu un seggt, se schall em wecke Tellern geven, un do schüdd't he dar en paar Stück vun vull mit Geld. Denn köfft he sin Sme' t'rügg un sin Handwarkstüüg un fangt wedder an un arbeiten un levt jüst so as anner Lüüd. Sin Fruu will ja geern weeten, wonem he dat Geld her

118

hett, man he seggt nix na. Aver toletzt mutt he dar ja doch mit rut, he hett toseggt un geven dat Kind weg.

As de Fruu denn to liggen kümmt, do kriggt se en lütte Deern. As de man veer Wuchen oold is, do fangt se in de Weeg an un snackt un seggt, se mutt upstahn un wat doon, se hett dat hild. Un do steiht se up un maakt Spitzen un anner Saken, sowat hett noch keeneen sehn. Darför ward se vun männig hoge Herrschaften geern as Neihersch annahmen.

Een Dag is se jüst bi un neih'n bi en Eddelfruu, do seggt se mitmal, se mutt nu na Huus. Un to Huus seggt se to ehr Mudder, se schall foorts allens klaar maken, nu ward se afhaalt. Do verfehrt de Mudder sik un vertellt ehr Mann, wat de Dochter seggt hett. Un do rekent de Mann na, un do sünd de föfteihn Jahr richtig rum. Un do kriegen se de Deern ehr Tüüg torecht, un denn kümmt de Hex un fraagt, um dat nich so afmaakt is. Ja, seggt de Smidt, dat is dat. De Hex hett wedder swatte Perde vör de Waag hatt, jüst so as föfteihn Jahr tovör, un de Deern sett sik blangen ehr. Do nimmt de Hex ehr up'e Schoot un fraggt, um se jichens hett weeker seten. Do seggt de Deern, wat woll weeker is as de eegne Mudder ehr Schoot. Denn gifft de Hex ehr wat to smecken ut en Buddel un fraagt, um se jichens hett wat smeckt, wat söter we'n is. Man de Deern seggt, wat woll söter is as de eegne Mudder ehr Titt. Blangen de Weg steiht en Fuulboom, un do fraagt de Hex, um de Deern weet, warum de verdröögt is. Dat weet, se, seggt de Deern, in ehr Kist is en Rock, de hett se neiht vun de Bläder. Toletzt kamen se in en deepe Holt, un dar steiht en grote Huus. Dar bringt de Hex ehr rin un seggt, dar schall se blieven. Se gifft ehr en Barg Sloeteln, elk to en anner Stuuv, un se dörf in alle Stuven ringahn, blots up'e Gang, dar is een Stuuv, 'nem se jo un jo nich ringahn schall. Un do finnt de Deern dar en Stuuv mit allerhand to eten in un uck en Stuuv, 'nem se slapen kann. Na en Tied kümmt de Hex för un kieken na ehr, man dar is noch nix passeert. Do geiht se wedder weg un lett de Deern dar.

As de Smidt sin Dochter nu mal up'e Gang kümmt, do denkt se, wat woll in de dare Kamer we'n mag – un se maakt de Dör up. Do kriggt an de Rüggwand en Dode de Kopp hooch, as se de Dör upmaakt, denn vun de Dör na de Dode, dar löppt en Kopperwier. Se gau de Dör wedder toballert, un de Dode röppt ehr noch na, se schall dat man jo nich togeven.

Nu kümmt de Hex na Huus un seggt, se hett de Dör na de Kamer up'e Gang upmaakt. Nee, seggt de Deern, dat hett se nich. Ja, seggt de Hex, dat is allens eenerlei, ehr Straaf mutt se hebben. Se kann sik dat utsöken, seggt se, um se will doof we'n oder stumm oder blind. Do denkt de Deern, wenn se doof is, denn so hört se nich, wat de Minschen seggen, un se hört nich, wo de Vageln singen, un wenn se blind is, denn so süht se nix vun de leeve Gott sin schöne Welt, un do seggt se, denn will se an leevsten stumm we'n.

Dar vergeiht en Tied, do ward de Hex dull un seggt, dat langt noch nich, un do bringt se ehr rup up en hoge Barg, un ünner de Barg, dar is de See. Un denn treckt de Hex de Deern all ehr Tüüg ut un stött ehr vun de Barg dal in de See. Man dar is Sandgrund, un do geiht se to Foot an't anner Över. Man se is ja nakelt, un do waagt se nich un gahn na de Lüüd, se verstickt sik in en grote holle Eek.

In dat dare Holt sünd de König sin Soehns jüst up Vageljagd. Un de Hünne, de snoekern ja allerwegens rum, un do finnen se ehr in de dare Boom. Do geiht de junge König dar hen un fraagt, um dar is en Minsch in oder en Spökels, un he seggt, se schall rutkamen. Man dat will se nich, se is ja nakelt. Man do seggt he, he will ehr dootschöten, do mutt se ja kamen.

Nu is se unbannig smuck we'n, un do nimmt de junge König ehr to Fruu, liekers se nich snacken kann. Na, un denn kriggt se wat Lüttes. Do kümmt de Hex un fraagt, um se dat togifft. Nee, seggt se. (De Hex hett se antern kunnt, un harr ehr annerseen fraagt: „Giffst du't to?", de harr dar uck Bescheed up kregen.) Do nimmt de Hex ehr dat Kind weg un leggt dar wecke Knaken hen, de Lüüd schoe'n gloven, se hett dat Kind upfreten. Ja, seggen se, ut't Holt is se kamen, un se is sachs uck so as en wille Deert. Man de junge König verdeffendeert ehr, liekers he bannig trurig is, um dat he sin Kind sodennig verlaren hett. Sin Fruu is so unbannig smuck we'n un in allens keen anner liek.

Nu kriggt de Königin to'n tweetenmal wat Lüttes. Un de Hex fraagt wedder, um se dat togifft, dat se do de Kamerdör upmaakt hett. Nee, seggt se blots. Do nimmt de Hex ehr wedder dat Kind weg un leggt wecke Knaken blangen ehr. Do woe'n se ehr verbrennen, man uck nu will de junge König dat nich tolaten. He is de Hex wies wurrn un fraagt sin Fruu, wodennig se kann so'n Hex antern, un em antert se nich.

Bi't drütte Mal geiht dat jüst so, un do ward se verordeelt, se schall verbrennt warrn. Dat Holt is al upstapelt un en Barg Volk is tohopenlapen. De König bringt ehr sülven hen, he hett ehr so bannig leev, un he harr ehr uck nu nich hergeven, man dat Gesett will dat so. Nu sünd dar dree Heckpoorten we'n, un elkeen Heckpoort fraagt ehr, um se dat togifft. Do antert de Königin: Nee. Do wunnert de König sik un fraagt, warum se de Heckpoorten antert, man em nich.

Denn bringen se de Königin up'e Brennhupen un fengen dat Füer an. De Flammen licken al an ehr Tüüg, do kümmt de Hex un fraagt, um se dat togifft. Nee, seggt se. Do puust't de Hex dat Füer ut un seggt, se is stark bleven, un darum gifft se ehr de Kinner t'rügg. Do sünd dat twee smucke Jungs un en Deern. Un do kann se mitmal wedder snacken. Un de König freut sik un bringt ehr na Huus. Un wat later fraagt se um Verlööv, se will geern ehr Öllern besöken. – Man de Hex hett ehr nu in Ruh laten, se hett ja de Proov bestahn un hett dat nich togeven.

Dat Füerslott

Dar is mal en Fischer we'n, de hett an't Water seten un fischt, un he hett dar dree Daag seten, do hett he noch nix fungen. As nu de drütte Dag to Enne geiht, do will he sin Nett uptrecken, un do is dat so swaar, he kann dat man knapp rutkriegen. As he dat nu ut't Water rut hett, do is dar en grote Fisch in, de maakt de Mund up un seggt, he schall 'n doch man gahn laten. As de Fischer hört, de Fisch kann snacken, do sett he 'n wedder in't Water un lett 'n losswümmen.

De anner Dag fangt he wedder nix, man avends, as he sin Nett ruttrecken will, do ligt dar wedder de grote Fisch in un seggt, he schall 'n doch man gahn laten. Ja, seggt de Fischer, up de Aart un Wies hett he ja vunavend wedder nix to eten as dröge Broot. Oh, seggt de Fisch, he schall 'n man gahn laten, dat ward sin Glück we'n. Un do smitt de Fischer 'n wedder rin.

De neegste Dag treckt de Fischer wedder dat Nett ümmer wedder leddig hooch, man avends liggt de grote Fisch dar nochmal in un seggt, de Fischer schall 'n mit na Huus nehmen un sin Fruu schall 'n tweimaken. De Kopp schall he sin Perd geven, sin Steert de Hund, de Gradens schall he in'e Gaarn inklein un dat anner schall he mit sin Fruu upeten. Dat deit de Fischer, un na negen Maanden kriggt sin Fruu dree Kinner, sin Perd kriggt dree Fahlen und sin Hund dree Welpen. Un ut de Gradens sünd dree Blöme wussen, un de Wuddeln vun de Blöme, dat sünd dree Swerter. Un de Fischer hett ümmerlos fischt, un sin Nett is elkeenmal vull, un sodennig ward he en rieke Mann.

Aver mit de Tied warrn ut de Fahlen Perde, ut de Welpen warrn Hünne un ut de Kinner grote un smucke Jungkeerls, un de seggen een Dag to se's Vadder, se woe'n sik de Welt ankieken. Ja, seggt he, dat schoe'n se denn man doon, un do kriggt elkeen vun se en Perd, en Hund un en Swert, un denn trecken se los. Soeven Jahr trecken se in de Welt rum, man beleven doon se wieder nix. Do kamen se mal hen to Avend in en Holt, dar binnen se se's Perde an de Böme un gahn slapen. As se do de anner Morgen waak warrn, do seggt de Öllste, he hett dröömt, se moeten uteneen gahn un elk för sik en anner Weg trecken. Ja, seggen de anner beiden, dat hebben se uck dröömt. Un do stiegen se to Perd un rieden ut dat Holt rut un kamen an en Dreeweg. Do seggen se, dar an de Stä' woe'n se sik na een Jahr un söss Wuchen wedder finnen, un denn seggen se sik adjüs.

Do ritt de Öllste vörföötsch wieder, un toletzt kümmt he na en smucke Stadt, dar wahnt en König in. Dar dücht em dat so fein, do will he dar blieven. Elkeen Dag kümmt he do an de König sin Slott vörbi, un do süht em de König sin Dochter, un se mag em so geern lieden, un do seggt se to ehr Vadder, he schall de smucke Ridder doch in't Slott wahnen laten. Un as he nu mal in't Slott wahnen deit, do hett se em ümmer duller leev, un do fraggt se em een Dag, um he nich will ehr Mann warrn. Ja, seggt he to ehr, dat weer ja för em dat gröttste Glück, man he is dar ja noch to jung to. Nee, seggt se, he schall ehr Mann warrn, un do hett he uck wieder keen Wedderwöör, un dree Daag later ward Hochtied fiert, un dat is all een Freud. As se do eten hebben, do geiht dat an't Danzen, un as de junge Mann un de Königsdochter möö' sünd vun't Danzen, do gahn se mal an't Finster un kieken ut. Do süht he in de Feern en bannig grote Füer, un he fraagt de Königsdochter, wat dat is. Och, seggt se, dar hett all mennig een sin Unglück funnen. De dar ankümmt an dat Füer, de mutt foorts dootblieven. Oh, seggt he, datt will he denn doch weeten, un do geiht he dal, stiggt up sin Perd un ritt afste', so dull sin Bruut em uck beden deit, he schall dat nalaten. He kümmt foorts wedder, seggt he un klabastert los. As he na dat Füer henkümmt, do is dat en Slott, dat lücht't gollen un glöhnig. Man he hett knapp twee Schred wieder maakt un is dar mal ankamen an dat Slott, do is he boots! mit sin Perd un sin Hund na binnen verwünscht. Na, wo trurig se do in't Königsslott sünd, dat lett sik ja denken.

Nich lang' darna, do kümmt de Fischer sin tweete Soehn uck in de Stadt an, un em gefallt dat dar jüst so guut, un do will he uck dar blieven. Nu süht he aver sin Broder so liek as een Waterdrüpp de anner, un do meent de Königsdochter, dat is ehr Brüdigam, un do lett se em ropen un fallt em um'e Hals un drückt em een up un freut sik, he is wedder dar, se harr al dacht, he weer in dat Füer umkamen. Un denn ropen se de König, un dat is all een Freud un Juchheien, dar is dat Enne vun weg. De junge Mann weet eerst ja nich, wat he seggen schall, man denn denkt he, dar is wiss een vun sin Bröder dar we'n, un he hollt sik so guut un snackt sik rut, keeneen markt dat, dat he is de Eerste sin Broder. Man as he avends mit de Königsdochter slapen gahn will, do süht he dör dat Finster in de Feern dat Füer, un he fraagt sin Bruut, wat dat denn is. Och, seggt se, dat is ja dat Füer, 'nem he up togahn is, un dat maakt elkeen doot, de dar ankamen deit. Ja, richtig, seggt

he, he will dar man doch nochmal hen, he hett noch
nich recht klookkriegen kunnt, wat dat is, un do
löppt he na nedden, springt up sin Perd, un so dull
de stackels Königsdochter em uck beden mag, he
schall dat nalaten, do ritt he weg. As he na dat Füer
rankümmt, do süht he uck, dat is en Slott. Man do
kümmt in'e sülvige Momang en Hex na em ran un
tickt em an mit so'n lütte Stock, un do is he uck ver-
wünscht un to Steen wurrn.

As denn dat Jahr un de söss Wuchen rum sünd, do
kümmt de drütte Broder wedder t'rügg an de Dree-
weg, man de beide annern sünd nich dar. Na, denkt
he, se schoe'n woll noch kamen, un he will man een
vun de beiden en beten in de Mööt rieden. Un do ritt
he un ritt, un toletzt kümmt he uck in de König sin
Stadt. As em do de Königsdochter süht, kümmt se de
Trepp dalstörten, un dat rut up de Straat un röppt
Gott Loff un Dank, dat he wedder dar is, se hett ja so
in Angst un Sorgen seten um em. Se meent ja wed-
der, dat is ehr Brüdigam, se hebben sik ja so liek
sehn, keeneen hett se ut'nanner kennt. Nu is he ja
plietsch, un he markt foorts, sin Bröder moeten in't
Spill we'n hebben, un do deit he, as wenn he de rich-
tige is, un he geiht mit ehr hen na de König, un de
freut sik uck, dat is gar nich un seggen, un he lett
foorts en grote Festeten torichten, dat wahrt bet an'e
Avend. As se nu vun'e Disch upstahn, do süht he uck
dat Füer un fraagt de Königsdochter, wat dat is.
Och, seggt se, dat hett he ehr nu al dreemal fraagt –
dreemal? denkt he – un he is nu al tweemal –
tweemal? denkt he – dar hen reden un elkeen Mal is
he so lang' wegbleven. – So lang' wegbleven? denkt
he, süh so, denn sünd sin beide Bröder al dar we'n,

un 'nem de afbleven sünd, dar will he uck hen. Un do steiht he up un seggt, he mutt mal eben na nedden, un ünnen sett he sik gau up sin Perd un jaagt up dat Füer to.

Ünnerwegens bemött he en ole Fruu, de sitt dar an'e Weg un röppt, he schall man jo nich in dat Slott ringahn; sin beide Bröder, seggt se, de sünd dar verwünscht, se stahn dar rechts an't Door in Steen verwannelt. Do kickt he dar hen un kennt se un se's Perde un se's Hünne, un do seggt he to de Fruu, se schall em doch man raden, wodennig he se erlösen kann. Do gifft se em en lütte Büss, de schall he bi sik beholen, seggt se, denn kann em nix passeern. He schall aver jo un jo nich vun't Perd stiegen, anners is he verlaren. Dat seggt he ehr to, un denn ritt he dar hen, süht sin stackels Bröder un kümmt dör dat Door vör't Slott. Do kümmt em en Oolsch in de Mööt un seggt, he schall doch man en beten afstiegen un wat drinken, he is doch wiss möö'. Man sin Hund, seggt se, de schall he wegdoon, se is bang, de bitt ehr. Nee, seggt he, afstiegen deit he nich, un drinken deit he uck nich, un sin Hund deit he uck nich weg. Do ward se dull un schriet, he schall afstiegen, anners will se em verwünschen. Do ward he bang un neiht ut un ritt t'rügg na de ole Fruu. Wodennig he sin Bröder erlösen kann, fraagt he. Ja, seggt se, dat maakt en Barg Ackewars, un denn vertellt se em, wat he doon schall. He schall wedder henrieden, seggt se, un sin Swert in de Hand nehmen, un sin lütte Büss, de schall he gut fasthollen. He mutt dör dat dare Slott dörchrieden, seggt se, denn kümmt he an en Barg, dar mutt he rup. Dat ward em suer warrn, seggt se, denn all dat Hexentüüg kümmt achter em ran, man dat maakt nix, he schall sik man blots nich umdreihn. Baven up'e Barg, seggt se, dar steiht en Boom, un up'e dare Boom sitt en Vagel, de schall he faatnehmen un na ehr henbringen, un denn sehn se wieder, seggt se, dat ward sin Glück.

He deit, wat de Fruu em seggt hett. As he an de Barg kümmt sünd dar richtig allerhand snaaksche Deerten, man he lett sik nich wild maken, he jaagt de Barg rup un kickt sik nich eenmal um, un as he an de Boom kümmt, do grippt he sik de Vagel. Do fangt de an un snackt. Ja, seggt 'n, 'n weet dat woll, he will sin beide Bröder erlösen, un dat kann he mit em, man anners nich. Wenn he 'n de ole Fruu utlevern deit, seggt 'n, denn is he verlaren, un de Vagel mit. Do fraagt he 'n, wat he denn doon mutt. Do seggt de Vagel, he schall eerstmal mit sin Swert en Twieg vun de dare Boom afhau'n, un denn schall he en Lock in de Boom maken un dar en Buddel ünner hollen. De Boom is vull Saft, seggt 'n, wat he dar mit doon schall, will 'n em to rechte Tied seggen. He schall aver uppassen un jo nich de Twieg an de Grund leggen, anners is allens verlaren.

De junge Mann deit, wat de Vagel em seggt hett, un dat denn mit de Vagel wedder vun de Barg dal. Do is dat eerst heel still, aver denn brickt vun alle Sieden Füer gegen em los, man dat brennt em nich. Denn kümmt uck de Hex up em losspringen un bölkt, he schall ehr de Vagel un de Twieg geven, anners will se em up dusend Jahr verwünschen. Man he lacht ehr wat ut un seggt, se schall em man ümmerto verwünschen, dat maakt nix, un se mutt vun em aflaten. Do deit se, as wull se de Vagel un de Twieg faatnehmen, man dar will se em blots bang' mit maken, se kann't nich. Toletzt kümmt he dal, 'nem sin Bröder stahn.

Do kümmt de ole Fruu anlopen un seggt, he schall ehr de Vagel geven, denn will se sin Bröder erlösen. Man de Vagel seggt, he schall't man nich doon, se bringt se all beid in't Unglück. Nee, seggt he, he deit dat uck nich, se mag snacken, wat se will. Do ward de Fruu dull un will up em los, man dat kann se nich vunwegen de dare Twieg. Do seggt de Vagel, he schall de Buddel nehmen un sin Bröder mit de Saft waschen. Dat deit he, un do sünd se erlöst un warrn waak as ut deepe Slaap, un se seggen, so fast hebben se noch nie nich slapen. Se wunnern sik nu bannig, dat se all dree sünd up een Dutt. Do seggt de Vagel, he schall 'n uck waschen mit de dare Saft. He deit dat, un do steiht de Vagel miteens dar as en smucke Königssoehn, un do is dat de Königsdochter ehr Broder.

Nu trecken se all tohopen vull Freud na dat Slott un dat is een Hopphei as in'e negente Himmel. Tjä, nu hett de Königsdochter man nich wußt, wokeen vun de dree ehr richtige Mann is; se raad't hen un her, un toletzt springt de Eerste vör un seggt, he is dat. Un do ward de Freud noch duller. Nich lang, do heiraad't de tweete Broder en Königsdochter ut de Naverschop, un de drütte kriggt de Dochter vun en rieke Graaf. Un denn trecken se all dree trügg na se's Vadder, un wenn se noch nich ankamen sünd bi em, denn sünd se woll noch up'e Reis.

Hinweis zur Aussprache der langen Vokale

1. a/aa: Das lange plattdeutsche „a" ist abgedunkelt in Richtung offenes „o" (wie in den skandinavischen Sprachen das „å"). Es gibt im Plattdeutschen nicht das lange „a" wie in hochdeutsch „Spaß" oder „Straße"!

2. e: Das einfach geschriebene lange „e" klingt etwa so, als würde man den Vokal der Vorsilbe „ge-" in die Länge ziehen.

3. ee: Das doppelt geschriebene lange „e" beginnt relativ offen und bewegt sich dann in Richtung „i".

4. o/oo: Das lange „o" bewegt sich zum Ende in Richtung „u".

5. oe: Das eintonige lange „ö" klingt etwa wie ein in die Länge gezogenes kurzes „ü" (wie das in „Müll").

6. ö/öö: Das zweitonige lange „ö" beginnt mit einem offenen „ö" (etwa wie in „können") und bewegt sich dann in Richtung „i".